七月七日のペトリコール

持地佑季子

集英社文庫

七月七日のペトリコール

プロローグ

雨は嫌いではない。正確には雨が止み、乾き始めるあの独特の匂いが好きだ。

あの匂いに名前があると知ったのは小学生の時。

雨が上がり、誰もいないグチャグチャの校庭の端でひそかに匂いを嗅いでいる俺に、「この匂い、ペトリコールっていうんだ」と教えてくれた同級生がいた。

「名前なんかあったんだ」

「ギリシャ語で石のエッセンスって意味だよ」

実をいうと、そいつが俺と同じように雨上がりを待っているのを、視界の片隅で捉えていた。

「へぇ石ね。でもここって石っていうより、土なんじゃねぇの？」

「あぁ、確かにそうだね」

水たまりのある校庭を目の前に、そいつは俺の屁理屈を聞いても、たじろぎもせず笑っていた。だから俺も素直に話す事が出来た。

「なんか不思議なんだよな。なんつぅか、この匂いのせいで見慣れた街とはまた別の街に紛れ込んだっていうか」

「パラレルワールドって事？」

「あぁ、そうそう、そんな感じ」

そいつは、何故か、自分でさえ出来ない俺の頭の中を言語化する事が出来た。

それは悟られるというような嫌な気分ではなく、むしろ、分かってくれたという喜ばしいものに近かった。

それから俺たちは、毎日を一緒に過ごすようになった。

六年生で同じクラスになると、俺がツゥといえば、そいつがカァといい（ちなみに、つうかあの仲って意味もそいつが教えてくれた）、クラスを引っぱり、クラス対抗の行事では負けなしになった。

雨が降り、上がり始めるのが分かると、一緒にペトリコールを嗅ぐために教室を抜け出し、屋上へ向かった。

「今のところ、屋上が一番いいな」

「ちょっとカビっぽくてね」

「パラレルワールドの世界が開かれた、なんてな」

相変わらずそいつは、俺の頭の中を言語化してくれた。

そしてそいつ、一ノ瀬柊(いちのせしゅう)が亡くなって十二年目の七月七日も、出会った頃のように雨が降っている。

「雨の中、悪いわね」

柊の十三回忌は、一ノ瀬家の自宅で執(と)り行われる事になっていた。

「十三時に住職の方がいらっしゃる事になってるの。それと和泉(いずみ)君、今日は泊まって行ってね」

柊の母親は、あぁ忙しいと言わんばかりにテキパキとやるべき事をこなしている。この家には、小学生の頃から出入りしていたから、勝手知ったる他人の家状態で、柊の母親も父親も気を遣わずに接してくれる。

いや、もしかしたら既に実家のない俺に気を遣ってくれているのかもしれない。

柊の十三回忌は滞りなく進んでいった。夜になると、柊の父親と思い出話に花を咲かせ、仏間の隣にあるリビングで酒を飲んだ。

その後、柊の父親が酔いつぶれたのをきっかけに、俺も眠る為、二階にある柊の部屋へと向かった。

「おやすみなさい」

柊の母親に声を掛け、きしむ階段を上ると、廊下の一番奥に位置する柊の部屋へ入る。

あれから時が止まった部屋は、そのままの状態で残されていた。

勉強机もベッドも布団も本棚も、まるで今の今まで柊が使っていたかの様に。

これほど整理整頓されているのを見ると、今も毎日掃除をしているのかもしれない。

気丈にふるまっていた柊の母親だったが、十二年の時が過ぎても、未だに柊が帰ってくると思っているのかもしれない。

俺だってそうだ。

いつか、突然、柊が帰ってくるんじゃないかって、そう思えてならなかった。


『なぁ和泉、話したい事があるんだ』


十二年前の七月六日。雨が降る中、柊がバイト先のファーストフード店に現れ突然言った。

十七歳の俺は、その言葉に深い意味があるとは考えておらず、「何だ？」と何気なく聞いた。

でも柊は、何度も言葉を呑み込んでは話の核心にふれず、結局「明日話すよ」と言い、去っていった。

だが、その明日は来なかった。

翌日の七月七日、雨が止みペトリコールが漂う頃、柊はバスの事故に巻き込まれ死んでしまったからだ。

それから十二年。俺は今も考えている。

柊が俺に言った、『話したい事』とは一体何なのか？

耳を澄ませ、南側に位置する窓を開ける。二日間降り続いていた雨は、いつの間にか止んでいた。

土とセメントの入り混じった匂いが鼻孔を刺激する。

初めて柊と会った時に教えてくれた言葉を口にする。

「ペトリコール」

柊がいなかったら、この言葉も知らなかっただろう。

酔いと共にペトリコールを嗅いでいるその時、突然、部屋中に電話の着信音が鳴り響いた。

慌てて、鞄（かばん）の横にあるスマホを確認する。だが、俺のスマホは静まり返っている。時刻を確認すると午前二時だった。

もしかしたら電話じゃなくて、目覚まし時計か何かだろうか？

音のする方を確認する。どうやらクローゼットの中から鳴っている様だ。

引き戸になっているクローゼットを開ける。中には柊の物と思われる洋服が数着と段ボールが数個入っていた。

　耳を近づけ、音を確認すると、段ボールから音が鳴っている様だった。クローゼットから一番手前の段ボールを取り出し、ベッドの上に置く。蓋はテープで留められてはおらず、クロスされているだけだった。

　蓋を開けると、着信音がもっとはっきりと聞こえた。中味をひとつずつ確認していく。通学の時に使っていたリュックや授業で使用していた教科書にノートが入っていた。そして、リュックのポケットの中から音の正体が出てきた。

　柊が使っていた携帯電話だ。俗にいうガラケーで色は濃いブルー。真ん中で折り畳める様に出来ていて、俺の十七歳の誕生日の前日に柊と揃いで買ったものだ。俺はブラックを使っていた。

　携帯電話を手に取り、画面を見る。画面には着信の名前が表示されている。だけど、おかしい。その名前が『西岡和泉』、要するに俺になっているのだ。

　鳴り止まない着信に、訝しみながら出る。キーンという機械音と雑音が聞こえてきた。

『もしもし、柊？』

　雑音と男の声が聞こえる。

　こいつ、今、柊って言ったよな？　間違いじゃないよな？　今、絶対、柊って言ったよな？

『柊？　俺、和泉だけど』

和泉？　……こいつ、何言ってるんだ。

電話の向こうの相手は、こちらの返事も待たずに話を進めていく。

『十七歳の誕生日、おめでとう。それと……今日は悪かったな。ってか、お前だって悪いんだからな』

十七歳？　今、十七歳って言ったのか？

「お前、誰だ？」

思わず、そんな声が出ていた。

『あれ？　すいません、間違えました』

電話は突然切れた。

「なんなんだよ、一体」

呆気(あっけ)にとられ、携帯電話の画面を見ると、時間は午前二時八分を指していた。

大体、『もしもし柊？』『俺、和泉』だと？　なんだよ、それ。悪戯(いたずら)でもやっていい事と悪い事があるだろ。今日は柊の命日なんだぞ。なんでそんな日に悪戯電話かけてくるんだよ。もし、分かってかけてきたのだとしたら、人間以下のやつがやる事だ。

しかもこの携帯電話で俺の名前を名乗りやがって、あり得ないだろ。

「ふざけんじゃねぇぞ」

ベッドに潜り込みぼやくように呟くと、そのまま泥の様に眠りについた。


「和泉君、そろそろ起きたら？　もうすぐ時間よ」

ノックと共に柊の母親の声が聞こえる。

唸り声をあげ、「今、起きます」と返事をしたが、もうすぐ時間というのは、一体なんだろう。昨日何か約束をしたか？　全く記憶にないのだけど。

大きなあくびをし、寝ぼけ眼でジーパンとTシャツに着替える。

きしむ階段を下り、一階のリビングへ行く。

「あら、まだ着替えてないの？」

柊の母親は、喪服姿でテキパキと動いていた。

どうして今日も喪服を着ているんだろう？　今日も誰かの法要に行くのか？　そして着替えとは？

「あ、あの」

柊の母親に声を掛けようとした時だった。リビングの横、仏間へとつながる襖から座布団を持った麻生風太が現れた。

「おぉ、和泉、起きたか？　あ、おばさん、これどこに持っていけばいいですか？」

風太は、何事もない様に柊の母親に声を掛けている。

「お、お前何でいるんだよ」

風太も柊の母親同様に喪服を着ている。

「何でって」

怒りから風太を睨みつける。

「今日来れるなら、昨日だって来れただろ？　何で来なかったんだよ！」

「昨日？　昨日、前夜祭か何かあったのか？　ってか、法要なのに祭ってのも変か」

「お前、何言ってんだよ！」

急に怒鳴ったからか、風太は唖然としている。

風太の無神経さにイライラした。あんなに誘ったのに、こいつは仕事が忙しいからと柊の十三回忌を断ったのだ。それなのに翌日ヘラヘラと現れるってどういう神経なんだよ。意味わかんねぇよ。

「どうしたのよ、大きな声出して」

忙しなく動き回っていた柊の母親が足を止める。

「風太君、座布団もらうわね。あと一時間ぐらいで住職さんも来るから、今のうちに二人ともお昼食べてね」

今、住職って言ったのか？　十三回忌って二日続けて行うものだったか？　いや、待て、そんなの聞いた事ない。

ふと、壁にかかっている時計を見る。時計は昼の十二時を指していた。

そうだ、確か、昨日住職が来たのも十三時だった。ちょっと待てよ。それって……。

「風太、お前、何しに来たんだ？」

風太は柊の母親に座布団を渡し、

「何って、柊の十三回忌に決まってるだろ」と事も無げに言った。

「お前が連絡してきたんだろ、柊の十三回忌に行くぞって。和泉、今日なんか変だぞ」

ふと外から音が聞こえ、窓を見る。窓の向こうには、眠る頃に止んでいたはずの雨が、シトシトと降っていた。

「雨……」

「あぁ、昨日からずっと降ってるんだよな、今日はもう止まないだろうな」

「昨日からずっと……風太、今日、何日だ？」

「何日って……七月七日だろ？　どうしちゃったんだよ、本当に」

「七月七日……」

柊が亡くなって十二年目の七月七日。終わったと思っていたはずの七月七日が再び訪れた。

1

七月七日、二回目の十三回忌を終えた。

参列者は昨日見かけた面々と同じだった。柊の親戚一同。ただ一人、風太が増えているのだけが昨日とは違った。

バスケ部だったからか背が高く、体育会系だったというのが分かる筋肉質の体、もしかしたら今も何かスポーツをしているのかもしれない。真っ黒に日焼けした肌に真っ白な歯が目立っている。

法要が終わると、リビングのソファに座り、柊の父親と風太と共に酒を飲んだ。

「和泉や風太と酒を飲む日が来るなんてな」

「俺らだっておじさんと酒を酌み交わすなんて、一ノ瀬が知ったら笑うだろうな」

風太は酒をあおった。

一体、どういう事なんだ?

だけど、心当たりがない訳ではない。あの携帯電話だ。柊の携帯電話。あの電話を取ってから変な事が起こり始めた。いや、そもそも、あの電話自体が変だった。

「二人とも同じこと何回言ってるの？　もう十一時なんですから、ほどほどにしてよ」

柊の母親は、文句を言いながらも酒の肴をキッチンから持ってきてテーブルに皿を置く。

「おばさん、ちょっといいですか？」

柊の母親を、廊下へと連れ出す。

「和泉君、どうしたの？」

「あの、ちょっと変なこと聞くんですけど」

「変なこと？」

「柊が使ってた携帯電話ってどうしました？」

「携帯電話？　あの……和泉君とお揃いの？」

「そうです」

「確か、柊の部屋のどこかにあるはずだけど」

「解約はしてますか？」

「え？　そうね、してるわよ。それがどうかしたの？」

「いや、ちょっと……」

やっぱりおかしい。解約をしている電話が繋がるなんて。

「あの、また変なこと聞きますけど、俺って昨日からここに泊まって、十三回忌に出席する予定でしたか？」

七月七日、俺は始発で東京からこの街にやってきていた。前日に泊まって出席する予定ではなかったのだ。

「何言ってんのよ。前からそう決まってたじゃない。七月六日と七月七日、うちに泊まるって」

やっぱり変わっている。風太だけではなく、俺自身の現在も変わっている。

「悪いけど俺、先に寝ます」

まだまだ飲み終わりそうにない二人に声を掛け、きしむ階段を上がって柊の部屋へとやってきた。

ここも昨日と変わりない。広さは十畳ほど、南側に窓があり、机にベッド、クローゼットに本棚がある。

ふとベッドを見ると、横には、泊まりセットのボストンバッグが置いてあった。柊の母親が言うように、俺は昨日、七月六日からこの家に泊まる予定だった事になる。

深呼吸をし、自分を落ち着かせる。

そうだ。あれは、携帯電話はどうした?

もし、昨日が繰り返されているのだとするならば、携帯電話自体が段ボールの中に入っていなければいけない。

だが、携帯電話は昨日出したままの状態でベッドの上に放置されていた。

まるで、そこだけ別次元のようだ。

手に取り、じっくりと画面を見る。

画面には時計と気温が表示されていた。これは生前の柊が設定していたものだろう。

画面の上部分には、電波と充電の表示がされているが、電波の部分には×がついている。

やっぱりおかしい。電波が無いなら、この携帯電話で通話が出来るわけない。やはり、昨日の出来事は夢なのだろうか？

携帯電話を操作し、着信履歴を見る。

そこには昨日の、正確には二〇二一年七月八日午前二時の『西岡和泉』からの着信が残っていた。

要するに、この柊の携帯電話に、俺の名前で登録されているやつから電話がかかってきたとなる。

今度はアドレス帳を見る。

表示されたのは知っている者だらけだ。あの頃のクラスメイトや共通の友人の連絡先も入っている。その中から、西岡和泉を見る。

〇八〇から始まる番号に見覚えがあるものの、この番号が自分の番号だったのか、他の誰かの番号だったのか、見当もつかなかった。

十二年前の、もう使っていない携帯電話の番号なんて、覚えていないからだ。

いや、まて、そんな訳ない、自分の番号だなんて。何を言っている。そんな事を考えた自分が自分で嫌になる。

だけど……説明出来ない何かが起きているのは確かだ。来る予定がなかった風太がやってきたし、七月七日が繰り返されているのもそうだ。

それに、昨日電話してきた男は、『柊？　俺、和泉だけど』そう名乗った。

ふざけてる風でもなかったし、軽い印象もなかった。ただ、友人の誕生日に電話をかけてきただけの雰囲気だった。

今度は携帯電話のトップ画面に戻る。そして、再び着信履歴を表示した。

『西岡和泉』の名前が現れる。

そうだ。今、こいつに電話をすれば、全ては判明する。

番号を表示し、通話ボタンを押すのを躊躇いながらも『西岡和泉』に電話をかける。

ぷぷぷという音が数秒鳴る。だが、最終的にはツーツーという音が電話の向こうで鳴った。

その後、何度も『西岡和泉』に電話をかけたが繋がらなかった。

「どういう事だ？」

トップ画面に戻る。

昨日は確かに話せたのに。どうして今は駄目なんだ？

ふと、画面上の充電の部分を見る。と、充電は二十七％の表示がされていた。

どうやら、使用したせいで減っているみたいだ。

クローゼットを開け、昨日見た段ボールの中を漁ると携帯電話の充電器を見つけた。

これで、充電の心配をする必要はない。

安堵していると、今度は箱の中に入っているノートが目についた。昨日は、携帯電話の着信音に夢中で他のものを気に掛けてなかった。

表紙には柊の字で『数学』と書かれている。

ノートをパラパラと捲る。見覚えのある柊の字が胸を疼かせる。

俺は、数学が苦手で拒否反応を示していたが、その反対に柊は得意だった。だからテスト前はよく柊に教えてもらっていた。理解の遅い俺を、柊は根気よく手伝ってくれたのだ。

「懐かしいな」

公式が並ぶページを捲っていき、とあるページになった時だった。公式とは関係のない文字を目にし、手が止まる。

「これ……」

そこには、『七月七日　ペトリコール　注意　約束』と柊の字で走り書きされていた。

「どうして……」

七月七日は、柊が事故に遭った日だ。でも、そのページの日付は、六月十四日。柊が亡くなる随分前だ。それなのに、何でここに書いてあるんだ？

柊が書いたのか？　でも、なぜ？

それに、あれは……柊が亡くなったのは突発的な事故なのだから、こんな風に書けるものではないはずだ。

なのに、ここに書いてあるというのは、どういう……？

前後のページを捲る。しかし、他にはそれらしいものは何も書いてなかった。

もしかして……あれは事故ではないのか？　ノートには『注意』『約束』と書いてある。

七月七日、柊は何者かと約束をしていた？　『注意』は、その何者かが、あの事故に関わっていたという意味か？　っていう事は、あの事故は、人為的なものだったのか？

ノートを何度も見返す。全てのページを隅から隅まで見たが、やはり数学に関係なさそうなのは、この六月十四日のページにしか書いてなかった。他の箱も確認したが、それらしいものはなかった。

「七月七日　ペトリコール　注意　約束」

言葉に出してみると、その日、注意しなければいけないんだ、と自分自身に言い聞かせているように思えた。

柊は、何かの事件に巻き込まれたのだろうか。

もう一度、ノートを隅から隅まで見ていると、階段のきしむ音がして、ノックと共に
「和泉君、いいかな?」と柊の母親の声が聞こえた。

「は、はい」

慌ててノートを段ボールに戻すと、柊の母親がタオルと枕カバーを持って中に入ってきた。

「ごめんね、私、枕カバーつけるの忘れてて」

ベッドを見ると、確かに枕はむき出しのままで、そこに置いてあった。

「掛け布団は天気のいい日に干してるから、大丈夫だと思うわ」

柊の母親は、法要の時と変わらずテキパキと枕のカバーをつけ、その上にタオルを乗せた。

「風太君は、下で眠ったから」

「あ、あの!」

「ん? どうしたの?」

「あの……柊の事故の件なんですが」

その時、柊の母親の顔が翳(かげ)ったのを見逃さなかった。

やっぱり、気丈にふるまっていても、まだその傷は癒されていないのだ。

でも……。

「柊が、あの日、誰かと約束してたとか覚えてないですか？」

「約束？　誰かって？」

「いや、あの……」

俺は、何を言おうとしているんだ。

このノートに『七月七日　ペトリコール　注意　約束』って書いてあったからと言って、あれが事故ではないとは限らない。日本の警察は優秀だというし、事件であればすぐに分かるはずだ。

でも、そうじゃなかったら？

もし、あれが、事故ではなく故意によるものだったら？

何かを見逃していたとしたら？

だけど……。

「いえ、すいません。何でもないんです」

柊の母親は、「そう？　ゆっくり休んで」そう言って部屋を出ていった。

この話をした後に、これが事故に関係ないと分かったら？　柊の母親に、また余計な傷を与えるのかと思うと、出来なかった。

ただ、やはりこの走り書きが気になるのも確かだった。

ノートを再び段ボールから取り出す。

六月十四日に書いてあるという事は、柊はこの日に、何者かと七月七日に会う約束をしたはずだ。

そして、自分でも注意しなければいけないと思っていたに違いない。

だけど、そうなると、この『ペトリコール』はどういう意味になる？

雨が止んだ頃の時間って意味になるのか？

そんな曖昧に、約束をするだろうか？　雨が降るとも分からないのに……。

分からなかった。この走り書きが、何を意味するのか、まったく分からなかった。

ただ、一つ事実として確かなのは、柊が亡くなる前日、俺に『話したい事があるんだ』そう言った事だけだ。

俺はその『話したい事』が何なのかずっと考えてきた。

それまで俺が柊に相談しても、柊が俺に相談をするなんてなかった。だから何かやって欲しかったのか、悩みがあったのか、ずっと考えに考えていた。

もし、『話したい事』が、この事なのだとすれば、柊は、事故ではなく何かに巻き込まれて死んだんじゃないのか？

そして、その悩みを、俺に話そうとしていた事になる。

だけど、俺はどうしたらいい？　どうやって調べたらいい？

何も情報がない状況で、どうしたらいい？　警察が分からなかった事実を、俺はどうやって調べたらいいのだ。

ふと、ベッドの上を見ると、そこには柊の携帯電話があった。

そうだった。さっき、『西岡和泉』と登録されている相手に電話をしたが繋がらなかったのだ。

だけど、もし……もし、あの『西岡和泉』が本物だとしたら？

本物の俺だとしたら？

昨日の電話で、『十七歳の誕生日、おめでとう』と『西岡和泉』は言っていた。

全てが本当なのだとすれば、あの電話は、十七歳の俺が、十七歳になる柊に、誕生日を祝う電話をしたと予想出来る。

携帯電話を手に取り、トップ画面を見る。時計は十二時半を指している。

確か、昨日は午前二時に電話が鳴ったはずだ。着信履歴を見ると、午前二時ちょうどに着信表示がされていた。

後一時間半。

もし、昨日が繰り返されているならば、午前二時にまた電話がかかってくるはずだ。

充電器をコンセントに差し込み、万全の状態を作る。

そして時計が、午前一時になり、一時半になり、午前二時ちょうどになった。

電話は、鳴らなかった。

どうしてだ？　どうして鳴らない？

『西岡和泉』から電話がかかってくるはずだろ？　そして、『十七歳の誕生日、おめでとう』と言うはずだろう。

携帯電話の画面を見る。午前二時一分を指している。

焦りからか、思わず『西岡和泉』に電話をかけた。

ぷぷぷと音がする。さっきはそのあとにツーツーと音が聞こえたのだが、今回は違った。カタンという音が聞こえたかと思うとコール音が続いた。そして三コール目にキーンという音がし『もしもし？』と声が聞こえたのだ。

言葉が出なかった。あり得ないと思ったが、事実だった。

『もしもし？　柊？』

昨日の電話では気付かなかったが、声が俺そのものだ。少し若いが確かに俺の声だ。

この電話の向こうにいるのは、やはり俺なのだ。

ざざざという雑音と共に、『柊？　どうした？』と声が聞こえる。

やはり、向こうは、俺を柊だと思っている。元々この携帯電話は柊のものだからだ。

「もしもし？」

思い切って、声を出した。少し裏返っている。

だが、今度は、電話の向こうの俺は何も話さない。

「もしもし？」

『お前、誰だよ』

雑音と共に、声が聞こえた。どうやら警戒しているようだ。そりゃそうだ。柊の携帯電話のはずなのに、大人の男の声が聞こえるのだから。

「お前こそ誰だよ」

『はぁ？　あんたがかけてきたんだろ』

「いいから、教えてくれ」

『西岡和泉。あんた誰だよ？　これ柊の携帯じゃねえの？』

やっぱり、俺だ。電話の向こうにいるのは、俺なのだ。

「何で、今日は電話してこなかった？」

『はぁ？　何言ってんの、あんた』

「昨日は午前二時ちょうどに電話してきただろう？　何で今日は電話してこなかった？」

電話の向こうが静かになった。何かを考えているのか、もしかしたら、通報しようと思っているのかもしれない。

不可思議な事を言ってるのは重々承知している。俺だって未だに信じられない。でも、おかしな事が実際こうして起きてるんだ。そして、柊の為に、このおかしな事を利用しなければいけないのも事実だ。

『柊は？　柊に何かあったのか？』

相変わらず、電話の向こうの俺は警戒を緩めない。

「今、何年何月何日だ？」

電話の向こうの俺はムッとしたのだろう、

『なんだよ、こいつ。柊の知り合いかよ。柊はどうしたんだよ』とぶつぶつ言っている。

三十歳になりそうな今の俺にとって、青春独特の理由のない怒りやイラつきは、もう懐かしいという域に到達している。

「悪かった。急いでるんだ。今、何年なんだ？」

十七歳の俺と揉めるのは得策ではないと思い、すぐに謝った。

『あんた、カレンダーも持ってないのかよ』

「いいから教えてくれ」

『ったく、二〇〇九年二月九日だよ』

やはり、この電話は十二年前の俺と繋がっているんだ。

そして、俺のいる世界では七月七日に戻るのに対して、十二年前の世界では、そのまま時が進んでいくようだ。

昨日、かけてきた時は二月四日だったはずで、その日が柊の誕生日だからだ。

今が、二月九日。ということは、柊が亡くなる約五か月前になる。

『もしもし？　おい、おっさん聞こえてるのか？　柊はどうしたんだよ！　説明しろよ！』

訳の分からない事を聞かれ、十七歳の俺はいい加減怒っている。

深く息を吸い込み、気合いを入れる。電話の向こうの、青春真っ盛りの俺に、長くて根気のいる話をしなくてはいけないからだ。

2

「俺、お前のそういうとこ嫌い」

放課後、帰途につく生徒たちをぐんぐんと追い抜く。怒りから急ぎ足になっていて、横を歩く柊の足も必然的に早くなっている。

「何でそういうの勝手に決めるんだよ」

「和泉だって、勝手に決めたよね」

「俺のは勝手じゃねぇんだよ。仕方なくそうしたんだよ。言わなくたって分かってるだろ」

ちらっと横を向くと、柊は、まぁそれもそうだなという顔をしていた。

高校二年生の一大イベント、修学旅行が間近に迫った今日、柊が修学旅行に参加しないと聞かされた。

俺は元々行かないつもりだった。修学旅行の積立金ってやつを毎月捻出するのが難しかったからだ。一緒に暮らす祖父母に頼むのも心苦しかったし、バイトで稼いでも殆どは生活費に消えていた。

だから、俺自身は修学旅行に参加するのを諦めていたのだ。だけど柊は俺とは違う。

「柊が行かないと修学旅行盛り上がらないだろ」

俺の身長は百七十五センチあるが、それよりも柊は五センチ程大きい。生徒会では会計係をしていて、次期生徒会長の呼び声も高い。典型的な勉強が出来る奴なのだが、スポーツも出来て性格も容姿もいいもんだから、こっちからしたら面白くない。これで足が臭いとか、尻にでっかいイボでもあれば世の中フェアってもんだけど、柊からはいつもいい匂いがするし、残念ながらイボもない。

そんなだから、男子にも女子にも人気があり、教師からの信頼も厚かった。

「別に、修学旅行が楽しみって歳でもないし」

「妻子持ちの四十代みたいな言い方すんなよ。それなら、何で今まで俺に黙ってたんだよ。そう思うなら直ぐに言えばいいだろ、こんなギリギリになるまで言わないなんて」

　柊が何を考えているか大体わかっていた。

　クラスの中でただ一人、修学旅行に行かない俺の為に、自分も行かないつもりなのだ。引け目に感じない様にって。後で皆が語る思い出の中で、のけ者にされないようにって。だけど、柊の良かれと思ってする行動が昔から嫌いだった。俺への同情心が透けて見えて嫌だった。

「いいから行けよな。行かなかったら絶交だ」

　まるで小学生みたいだな、そう思いながらも、学校近くにあるバス停まで全力で走り、やってきたバスに乗り込んだ。

　窓の外に目を向けると、取り残された柊は、仕方ないな、そんな顔をして頭をポリポリと掻いている。

　俺だって、子供じみてるって分かってる。だけど、柊にだけは同情されたくなかった。柊にだけは普通に接して欲しかったのだ。

　柊とは小学生からの幼馴染だ。小学六年生で同じクラスになり、中学も同じ公立に通った。高校を受験する時、柊はもっとレベルが上の高校を狙えたはずなのに、いつの間にか俺と同じ高校を受験し、そしてすんなりと合格していた。

　柊は「これで常に学年トップでいられる」なんて嫌味を爽やかに言っていたけれど、

これは自惚れでも何でもなく俺と一緒の高校に通いたかったんだと思う。俺だって何だかんだ言っても柊と同じ高校に通えて嬉しかった。

バイトを終え、帰宅しても、怒りからか眠れなかった。暗闇の中、何度も寝返りを打つ。

何で俺が気にしなきゃいけないんだよ。

枕元に置いてある携帯電話を見る。午前一時五十分。だが着信はやはりなかった。

何だよ、あいつ。謝る気ないのかよ。俺ばっかり気にしてバカみたいだ。

何気なしに画面を見ていると、着信とは別に、カレンダーが目についた。二月四日にロウソクが立つケーキのマーク。そして『柊の誕生日』と記されていた。

そうだった。怒りで忘れていたが二月四日は柊の誕生日だ。確か、午前二時ちょうどに生まれたとか言っていた気がする。あと数分後だ。

電話してみようかな。柊なら起きてるかもしれない。勉強をしてないといいつつ、陰で努力しているのを知っている。

数分後、午前二時ちょうどになり、柊に電話をかける。

何度かコール音が鳴り響いたかと思うと、キーンという機械音と雑音が聞こえ、カタンという電話を取る音が聞こえた。

「もしもし、柊？」

だが、雑音が聞こえるのに、何の声も聞こえない。

「柊？　俺、和泉だけど」

もしかして、もう寝てたか？

「十七歳の誕生日、おめでとう。それと……今日は悪かったな。ってか、お前だって悪いんだからな」

何だか謝るのが照れくさくて気恥ずかしくて、早口になってしまう。

『お前、誰だ？』

突然、野太い大人の男の声が鮮明に聞こえた。

「あれ？　すいません、間違えました」

慌てて電話を切る。ツーツーツーと通話が切れた音が響いている。

電話の向こうの相手は、夜中に間違い電話を受け、明らかに不機嫌な声だった。だけど変だ。先ほど着信履歴から、柊の電話番号を選択し、かけたはずなのに。

携帯電話の履歴を確認する。

番号間違えてないよな？　じゃあ、さっき電話に出た大人の男は誰なんだ？

明らかに柊ではなかった。じゃあ、柊の父親？　いや、だとしたらあんな言い方しない。よく自宅に遊びに行ってるし、柊の父親は医者だからか物腰が柔らかくて感じのいい人だ。

何かが変だった。何かが変なのだが……先ほどまでの冴えていた眼を嘘のように眠気が襲い、そのまま泥のように眠りについた。


翌日、寝不足ぎみの顔で校舎めがけ歩いていると、登校する生徒たちの中に、柊の後ろ姿を見つけた。

周りの生徒より頭一つ抜きんでて、でっかい背中に紺色の洒落たリュックを背負っている。近くを歩いている女子生徒からは「一ノ瀬先輩だよ」「朝からラッキー」などの声が聞こえたが、本人は意に介してない様子で歩いていた。

中学生の頃は、後輩や同級生からよく恋の伝言みたいなものを頼まれたものだ。だけど柊は恋愛に興味がないのか、その全てを断っていた。

「なんで付き合わないんだ？　他に好きな奴でもいるのか？」と一度聞いた事がある。

でも柊は笑って誤魔化すだけで何も言わなかったのだ。

「いるなら、声掛ければいいのに」

声が聞こえ、顔を向けると、いつの間にか目の前に柊が立っていた。

「おはよう」

昨日の事なんか忘れたように爽やかな笑顔だ。これでダミ声だったら世の中フェアってもんだが、残念ながら誰もが認めるイケボだ。

「はよっ」

「朝から機嫌悪いな、昨日のまだ怒ってるの？」

「お前は朝から爽やかすぎんの。それに機嫌が悪いのは昨日の事じゃなくて、電話の……お前さ、昨日の電話なんだよ」

「電話？　電話って何？」

「昨日……ってか、今日の夜中の二時に、俺から電話あっただろ？」

柊は、え？　という顔をし、考えていると、

「いや、無いけど」と答えた。

「嘘つくなよ。携帯見せろ」

柊はポケットから携帯電話を取り出し、履歴画面を見せる。

柊の言う通り、履歴画面には、午前二時の履歴は残っていなかった。

「履歴、消したか？」

「消してないよ。というか、和泉からの電話なかったし」

「嘘いうなよ」

ポケットから携帯電話を取り出し、柊に履歴を見せる。午前二時に柊に電話をかけた証拠だ。

柊は、目が霞むのか、はたまた、これは夢か幻かと言いたいのか、何度も目を拭って、画面を凝視していた。

「どうだ、嘘ついてないだろ？」

「あのさ、和泉……。もしかして、僕の名前『シュークリーム』で登録してるの？」

「あ……」

そうだった。一ノ瀬柊と変換するのが面倒で『シュークリーム』って登録してたんだ。恥ずかしさで顔を引きつらせていると、柊は顔を隠し口元を押さえた。こいつ、完全に笑っているな。

「駅前のカフェのシュークリームが美味しいらしいよ。放課後行ってみよう」

柊は笑うのをこらえながらそう言った。

だけど……どういう事なんだろう。俺の携帯には履歴が残っているのに、柊の履歴には俺の名前がなかった。要するに電話がなかった事になる。履歴を消した可能性もあるが、柊が俺に嘘をつくわけない。

「今、電話してみたら？」

俺が無言になったので、柊は勘づいたらしく、アドバイスしてくる。

「携帯電話、壊れてるのかもしれないし」

「それもそうだな」

柊に言われたように、履歴から柊に電話をする。と、目の前の柊の携帯電話が鳴る。

「普通に和泉からかかってくるね」

柊は、携帯電話の画面を見ている。

益々わからない。夜中のあれは一体何だったんだ？　それにあの電話の向こうの大人は誰なんだ？

「で」

「ん？」

柊は俺を覗き込んで見てくる。長いまつ毛で頬に影が出来た。

「午前二時に何の用だったの？」

そうだった、すっかり忘れていた。

「十七歳の誕生日おめでとう」

それを伝えたかったんだった。

柊は、一瞬驚いたかと思うと、照れた顔をし、「ありがとう」と笑った。

その日の放課後は、柊の誕生日を祝う為に、駅前のカフェにシュークリームを食べに行った。

結局、柊も修学旅行に行かない事になった。担任に話したのだが、もう遅いと言われ断られたそうだ。

「まぁ、いいじゃん。僕は和泉がいないとつまんない訳だし、行っても意味ないよ」

それが柊の言い分だった。

一人や二人ぐらい増えたって構わないだろう。そう担任に抗議してもいいと思ったが、俺だって柊がいないとつまんないんだから、柊の言い分を尊重する事にした。

それから数日、普通に月日が過ぎていった。だけど二月九日の午前二時だった。珍しく勉強をしていると、突然、携帯電話が鳴ったのだ。

着信を見ると、『シュークリーム』の名前だ。

先ほど、柊とメールでやり取りをしたから、その時の質問で連絡してきたのかと思った。

電話を取ると、キーンという音が聞こえてきたのだが、ざざざという雑音ばかりで何も聞こえない。

「もしもし？」

あれ？　おかしいな。

「もしもし？　柊？」

やはり、電話の向こうからは、何も聞こえない。

「柊？　どうした？」

『もしもし？』

突然、声が聞こえた。だけど、その声は明らかに柊ではなかった。

『もしもし？』

「お前、誰だよ」

この間の電話の奴だ。柊ではない。柊の父親でもない。他の何者か。推定年齢四十代だろうか？

『お前こそ誰だよ』

「はぁ？　あんたがかけてきたんだろ」

『いいから、教えてくれ』

「西岡和泉。あんた誰だよ？　これ柊の携帯じゃねえの？」

電話の向こうのオヤジは、俺の質問には答えず支離滅裂な事を言い続けた。そして俺が今日は二〇〇九年二月九日だと答えると、黙りこくったのだ。

「もしもし？　おい、おっさん聞こえてるのか？　柊はどうしたんだよ！　説明しろよ！」

オヤジは、何かを決意したのか、大きく空気を吸い込んでいる。

『心して聞いて欲しい』

まさか、本当に柊に何かあったのか？

『俺は、お前なんだ』

何言ってんだこいつ。もしかして、俺、ヤバい奴と話してる？

『今、ヤバい奴に捕まったと思ってるだろ。俺だって信じられない。でも本当だ。俺は十二年後のお前だ。そして今から五か月後、二〇〇九年七月七日に親友の一ノ瀬柊が事故で死ぬ』

漫画とかドラマみたいなセリフを聞かされ、どうしていいか分からなかった。

ただ、あの柊が死んでしまうと言われ、無視する訳にはいかなかった。

『えっと、まずは、俺がお前であるって証拠を伝えないとな。生年月日は』

「そんなの、誰かに聞けば分かるだろ」

大人のくせに、なんかずれてる。本当に十二年後の俺なのか？　十二年後の俺ってこんな感じなのか？

ってか、十二年後っていえば、二十九歳だよな？　なんか、声が老けてないか？　オヤジ臭くないか？

『今、お前は、母方の祖父母と暮らしてる。父親を三歳の頃に病気で亡くし、母親も今は病気で入院中だ。学校は柊と同じ高校。放課後は部活もしないで毎日ファーストフード店でバイトして過ごしてる』

「何で、それ……」

確かに、当たっている。だけど、それもこれも近所の人に聞けば分かる。

俺が何も言わなくなったのが気になったのか、二十九歳の俺は、次々と自分である証拠を出してきた。

例えば、好きな食べ物は豆ごはん、とか。初恋の人は幼稚園の先生、とか。おねしょは小五までしていた、とか。しょうもないことばかり。まぁ、全部当たってるんだけど。

『じゃあ、これは？　今使ってる携帯電話に柊の名前をシュークリームで登録してる事』

「あ……」

思わず声が出た。柊にはこの間バレたが、柊が誰かに言わない限り、これは誰も知らないからだ。

『ほらな、これで信じたか？』

だけど、まだ信じられなかった。

だって、どうやって電話の相手が未来の俺だと信じられる？　そんな非現実的な事。タイムマシーンとかビッグフットとか世界七不思議とか、そういう系の話は大好きだけど、突然目の前に突き付けられると、どうしていいか分からない。

『まぁ、とにかく、俺の事はおいおい信じていけばいい』

説明するのが面倒臭くなったのか、一番重要な事を簡単に済ませようとする。

『だけど柊は助けて欲しいんだ。いいか、七月七日の十三時だ』

突然、時間まで具体的に言ったので、目の前にあるノートに『七月七日　十三時』と書き始める。

『その日は雨が降っていて、止み始めたペトリコールが漂う頃、柊は駅前でバスの事故に遭う。だけど、俺はそれが事故ではないと思ってる』

『ペトリコール』『事故』と書いて、手が止まる。

「どういうことだよ」

『実は、その前日の七月六日に、俺は柊に、話したい事があるって言われてたんだ。でも、結局何も聞かされないまま、柊は死んでしまった。だからそれが何か分からなかった。だけど、今、俺のいるところで柊の十三回忌が行われていて、そこで柊の携帯電話と、数学のノートを見つけたんだ。そのノートには七月七日よりもっと前の日付に『七月七日　ペトリコール　注意　約束』と書いてあった。という事は、七月七日に誰かと約束して、自分の身に危険が迫っていると随分前に予測していた事になる。だからあれは事故じゃないんだ』

言ってる意味が分からなかった。

当たり前だ。これから起こる事を言われても、俺には理解出来ない。

ただ、理解出来たのは、

「柊は、事故で死んだんじゃなくて、誰かに意図的に殺された？」

オヤジの喉がなるのが、微(かす)かに聞こえた。

『そうだ。柊が俺に話したかった事というのは、この事だったんじゃないかと思うんだ。悩みがあって命の危険を感じていたんじゃないかって』

「だけど、それだったら警察が」

『いや、十二年経(た)っても事故のままだ』

「そんな……」

馬鹿な。あの優等生の柊が誰かに殺されるなんて。

『あいつらは？　あいつらはどうしてる？』

「あいつらって？」

『麻生風太、吉野月子(よしのつきこ)、林花谷乃(はやしかやの)、作田夏雪(さくたかゆき)』

「……何だよ、そいつら」

『そうか、まだ二年だもんな……高三の時、俺たちはいつも一緒にいたんだ』

「一緒に？」

『そうだ。だから、あいつらと仲間になって、全員が集まったら七月七日の件を話して、協力して柊をたすけ』

　そこで突如、声が途切れた。

「もしもし？　もしもし？　おい、おっさん！」

携帯電話を見ると、通話時間七分。時刻は午前二時八分だった。

呆気にとられる。今の電話は何だったのだろう。話していた七分間が、一時間、いや一日のように長く思えた。

目の前のノートを見る。

『七月七日　十三時』『ペトリコール　事故　駅前バス停』『話したいこと』『注意　約束』と書いてある。

慌てて書き留めたから、まるでミミズがはったような字になっている。

本当に五か月後に、柊は死んでしまうのか？

それも……何者かの手によって、殺害されてしまうのか？

ノートにペンを走らせる。

『麻生風太　吉野月子　林かやの　さくたかゆき』と書く。

オヤジが最後に言った名前だ。漢字の分からない者もいる。

顔を知っている者もいるが、親しい奴らでもなかったし、誰とも同じクラスになった事もなかった。

接点もない奴らと仲間になるんだ、助けるんだ。そう言われても現実味がなかった。

それに、本当に、柊が死んでしまうとも思えなかった。

あの柊が、まさか、死ぬなんて、そんな……。

朝七時になるのを待って、制服に着替え、柊の家まで迎えに行った。小学校から同じ学区内だから、柊の家は俺の祖父母の家から数分で着く。

柊の家は、代々医者の家系で、自ら総合病院を経営している。その病院の裏に柊の自宅はあった。

二階建ての洋風一軒家。庭はジャングルかと思うほど草木で覆われているが、これは柊の母親がガーデニングを趣味としているからだ。

小学校、中学校、高校とずっと一緒に通っていたが、秋頃から生徒会が忙しいと言われ、遅刻魔の俺とは別に通学していた。だから、俺が迎えに来て柊は驚いていた。

「今日、雨降るかも。いや、雪かな」

「うるせぇな勝手に言っとけよ。なぁそれより、今、ちょっと電話してもいいか?」

「ん?　携帯?　いいけど、また何かあった?」

「うん、ちょっとな」

履歴から午前二時の着信を出し、そして電話をする。と目の前の柊の携帯電話が鳴った。

「和泉からの着信」

柊は、自分の携帯電話を見せる。画面には『西岡和泉』の名前が表示されている。

「やっぱり、この番号、お前だよな」

その後、今度は柊から俺宛に電話をかけてもらったが、やはり普通に繋がった。

一体、どういう事なんだ？


その日の授業は手につかなかった。

元々、勉強が手についた事はないのだけど、益々手につかなかった。目の前には、昨日書き込んだノートがある。これを元手に、想像を働かせる。

まず、今日は二月九日だ。先日電話をしたのが二月四日、柊の誕生日。そして電話のオヤジが言ったのが、五か月後の七月七日十三時。この日に柊が事故に遭う。そして前日の七月六日に俺は話したい事があると、柊に言われていた。

だけど、オヤジは、それよりも前に、柊自身が七月七日の自分の危険を予測していたと言っていた。それを数学のノートに見つけたと。

ふと柊を見る。柊は当たり前だが、教師の話を熱心に聞き、ノートに書き写している。

ノートか……。

「どうかした？」

休み時間、柊の席の前に立つと、柊は長いまつ毛をシパシパと動かしながら俺を見つめてきた。

「数学のノート出せよ」

何でか、ぶっきらぼうに言ってしまった。

「数学のノート？　今の授業、倫理だけど」

「分かってるよ」

柊は、不思議そうな顔をしながら、数学のノートを机から取り出した。

「ちょっと借りるわ」

「うん」と返事をしつつも、柊はまだ不思議そうな顔をしている。

自席に戻り、柊の数学のノートを一枚一枚、確認する。相変わらず綺麗(きれい)な字で、分かりやすく公式が書いてある。

最後のページまで捲ったが、あのオヤジが言っていた、それらしいメッセージは見つからなかった。

という事は、そのメッセージは二月九日以降七月七日までのどこかで書かれるって事か？

「どうしたの？　数学で分かんない事でもあるの？」

ぶつくさ言っていると、目の前に柊が立っていた。

「いや、何でもない。返すわ」

慌ててノートを渡す。だけど、柊は納得しない様子で俺の顔をじろじろと見てきた。

だから、俺もじろじろと見てやった。

「お前さ、尻にでっかいイボがあって悩んでたりするか？」

「なに、それ」

柊は、意味わかんないとでも言いたげに笑っている。

「じゃあ、足が臭いとかは？」

「足？」

柊は、まだ笑っている。

「お前、俺に、何か話したい事があるんじゃないのか？」

真剣に聞くと、柊の顔もすっと真剣な表情に変わった。

やはり、柊は俺に何かを隠しているのか？

それなら、どうして俺に言わないんだ？

だけど、瞬(まばた)きをした間に、柊の顔はいつもの穏やかな表情に戻っていた。

「和泉、最近変だよ。朝も迎えに来るし。そっちこそ話したい事あるんじゃないの？」

やっぱり柊の方が、俺よりも一枚も二枚も上手だ。思い切って、昨日の電話の事を言ってしまうか？

頭のいい柊だったら、解決してくれるかもしれない。

だけど、いくら柊とはいえ、自分が死ぬかもなんて聞いたらショックを受けるかもしれない。

それに、相談してこないのは、余程の事情があって、俺自身をそれに巻き込みたくないと思っているからだろう。

だったら、柊は絶対に俺には言わない。何があろうと言わないだろう。これ以上は無理だ、そう柊自身が思わない限り。

それに一番の問題は、あのオヤジを、俺自身がまだ信じていない事だ。

「俺が変なのはいつもだろ」

だから、柊に言うのを止めた。

午後の休み時間、オヤジが言っていた奴らを見に、他のクラスを回った。別にオヤジを信じた訳じゃないが、気になったからだ。


一人目は、麻生風太。

隣のクラスの奴だ。一年生の時も隣のクラスだったので、なんとなく顔と名前は知っているが、話した事はない。

バスケ部で、背が高く、色黒でがっしりした体形。髪型は、真っ黒でワックスを使ってツンツンさせている。スラムダンクの仙道彰(せんどうあきら)に憧れているのだろう。

どうやら、最近足を怪我(けが)したらしく松葉づえを使って歩いている。元々、体育会系は苦手で部活をやっていない柊とも俺とも何の関係もなさそうだった。

二人目は、吉野月子。

隣の隣のクラス。こいつも同じクラスになった事はないが、頭がいい事で知られている。背は百六十センチあたり、ツンとした顔で鼻筋の通った美人。遠目で見ていてもまつ毛が長いのが分かる。丸いおでこに、鎖骨まで伸びている真っ直ぐな黒い髪。

他人を寄せ付けませんって雰囲気を全身からただよわせている。

確か、柊とも接点はないはずだ。


三人目は、林かやの。

かやのは、花谷乃と書くらしい。

こいつも同じく、クラスが一緒になった事はないし、初めて見る顔だ。笑顔でパタパタと歩くのが印象的。茶髪でパーマをかけているのか、全体的にふわふわしている。どうやらメイクもしているようで、常に頬と唇がピンク色だ。見ている限り派手な奴らとばかりいて、友達になれそうにはない。


四人目、さくたかゆき。

名前の漢字すら分からない。

全くの謎。十クラスある二年生のクラスの中に、そいつの名前はない。会った事もないし、聞いた事もない名前だった。

それに、やはり、柊が死んでしまうという実感が全くなかった。

あのオヤジが言っていたのは、この四人だろう。でも、やはりどう考えても接点もないし、これから仲間になりそうにもなかった。

その日の夜。もしかしたら、そう思い、午前二時を待った。すると、やはり午前二時ちょうどに、柊から電話が鳴った。

いや、柊からではない。これは、あの十二年後の俺と名乗ったオヤジからの電話だ。

この間、あのオヤジは柊の携帯電話からかけていると言っていた。

要するに、十二年後のどこかに存在する柊の携帯電話から、オヤジが電話をかけているという意味だろう。

着信音は、今も鳴り続いている。だが、その電話を取らなかった。

あのオヤジが言っていた事実が信じられなかった。

ノートに、言われた事を書き写してみたけど、信じる訳にいかなかった。柊が死んでしまうなんて信じられなかった。

午前二時に鳴り始めた携帯を無視し続け、そして数分後、鳴り続けていた着信音が突如やんだ。

慌てて電話を確認すると、時間は午前二時八分だった。

午前二時から午前二時七分の間だけ、十二年後の俺と名乗るオヤジと繋がるのか？

いや、いや、いや、ちょっと待てよ。俺、信じてるのか？

あのオヤジを信じるのか？

「もう！　頭がかち割れるわ！」

あのオヤジに汚染されているかと思うとイライラして眠りにつくどころでは無くなった。

その後の数日間。午前二時になると、必ず携帯電話が鳴っていた。だけど、どうしてもその電話を取れなかった。

もちろん、柊が死ぬという事を信じたくなかったからだ。

「なんか、最近、目の下のクマ凄く（すご）ない？」

二月十六日。今日から四泊五日、二年生は修学旅行で、京都、奈良、大阪へと向かう。

だけど、俺と柊は後輩たちに紛れながら登校していた。

皆が旅行しているのだから、休みにしてくれたらいいのに、と思わずにいられなかったが、そう上手く行かないのが公立高校の宿命なのだろう。

周りを歩いている後輩たちの騒めき声が聞こえる。

「ほら、一ノ瀬先輩だよ」

「本当だ」

へいへい、一ノ瀬先輩のお通りですよ。女子の皆さん、お控えください。

「あれ？　でも二年生って修学旅行じゃなかった？」

「どうしたんだろう」

「もしかして、間違えたのかな？」

「あり得なくない？」

おいおいおい誰だよ、傷をえぐってくる奴は。

俺は声のする方を向き、

「きょえええぇ！　うっせぇな、こっちだって来たくて来てる訳じゃねぇんだよ！」

ペッペペッペッと唾を吐き出すと、後輩たちから「和泉先輩怖い！」「唾吐いた！」と悲鳴が起きた。

「和泉、止めなよ」

柊が俺の肩を掴み、爽やかな笑顔を後輩に振りまいて「ごめんね、悪気はないんだ」

と事を収める。

出たなスマイル王子。

スマイル王子とは、一ノ瀬柊がひとたび笑えば、微笑(ほほえ)みかけられた者はみな虜(とりこ)になる事から授けられた名前である。

だが、俺だけは、スマイル無表情と呼んでいる。顔は笑っているけど、心は笑ってないって意味だ。まぁ、その事を柊に言うと、「酷(ひど)いな」とまた笑顔で返されるのだけど。

「まったく、一緒にいる僕が恥ずかしいだろ」

寝不足のせいで殺気立っているからか、周りにいる奴らが、皆、敵に見える。

もちろん寝不足なのは、午前二時の電話のせいだ。

あれから毎日電話は鳴っていた。多分、この後も電話は鳴り続けるだろう。

認めたくない。絶対認めたくない。柊がこの世からいなくなるなんて、絶対に認めない。

「ねぇ和泉、今度どっか二人で旅しようよ」

靴を履き替え、玄関を通り、修学旅行居残り組のクラスへ向かう途中、柊は何気なしに声を掛けてきた。

「何だよ、それ」

「ほら、修学旅行に行けなかったから、近場とかで」

柊は、爽やかな笑顔を振りまく。

だから、俺もクラッとしてしまった。

「いいかもな。別に皆で行かなくたって、お前がいれば、いいもんな」

「そうだよ。そうしよう。予定と場所は僕が決めるからさ」

優等生で性格もいい柊が、何かの事件に巻き込まれるわけがない。巻き込まれるとしたら、俺の方だ。

やはりあの電話は嘘だ。何かの間違いだ。十二年後の俺なんて名乗るあのオヤジのホラ話に、俺は踊らされただけなんだ。

あの電話は、そうだ、混線ってやつだ。昔の家の電話はよく混線してた。上手く電話が繋がらず、声の向こうで他人の声が聞こえるってやつだ。

うん。そうだ。そうに決まってる。それがたまたま午前二時にあったってだけなんだよ。

二年一組が、修学旅行居残り組のクラスだった。

居残り組がどれほどいるのか分からなかったけど、そんなに多くはないだろう。それほど修学旅行というものは、田舎の高校生にとって大きなイベントで、皆が楽しみにしているものだからだ。

柊が扉を開け、後に続くと、中には既に数名の生徒がいた。

修学旅行に行けなかった残念な御一行様がこいつらか。もちろん俺も含めてだけど。

扉の開閉の音に、生徒たちが振り返る。そいつらの顔を見て、俺は息を呑んだ。

嘘だろ。何でお前らがいるんだ。

麻生風太、吉野月子、林花谷乃。

接点がないと思っていた、あの四人のうちの三人の姿が、そこにあった。

3

三回目の七月七日を迎えた。

朝起きると、二回目と同じ様にリビングには風太がいて、柊の十三回忌は変わらずに執り行われた。

やはり、電話をする事で、七月七日に戻るのだろう。

ただ、ひとつ気になっているのは、十七歳の俺との電話が途中で切れてしまった事だ。

話の途中で十七歳の俺が切ったのか、それとも何かしらの邪魔が入ったのか、分からなかった。

とにかく、今日の夜、電話をして話すしか道はない。そして、もう一度柊の事を伝え、十七歳の俺に助けを求めるしかない。

二回目と同様に柊の父親と風太と弔い酒を酌み交わし、柊の母親に枕カバーをもらうと、午前二時前には柊の部屋に行き、携帯電話の前に座った。

この間の電話で、十七歳の俺は戸惑っていた。そんなの、俺だって戸惑っている。

だが、これは現実なんだ。現実に起きているんだ。

午前二時になり、『西岡和泉』に電話をかける。昨日と同様にぷぷぷという音と共にコール音が響いた。

だが、コール音は響いているのに、電話が繋がる気配はない。

一度切り、もう一度履歴から『西岡和泉』に電話をかける。

しかし、先程と同じようにぷぷぷという音に続いてコール音が鳴るだけで、通話になる気配はなかった。そして、数分後、コール音すら鳴らなくなり、その日は通話が出来なかった。

なんだ。何故、急に繋がらなくなったんだ。いや、繋がってはいるのだが、電話を取る気配がない。

もしかして、十七歳の俺に何かあったのか？

昨日電話した時は、今は二月九日だと言っていた。十二年前の二月九日、俺は何をしていた？

多分、学校から帰ってバイトして、勉強もせずに寝ていたに違いない。

だったら、なぜ、電話が繫がらないんだ？

考えても、考えても、十二年前の自分の行動が分からなかった。


起きると、七月八日になっていた。

やはり電話で話をしないと七月七日には戻らないのだ。

二日酔いの風太も東京に戻るというので、柊の両親に挨拶すると、タクシーで駅へと向かった。

「なんだ、お前も二日酔いか？」

風太は、俺の目の下のクマを見ている。だが、俺の場合、電話が繫がらなかった理由を考えていて、殆ど寝れなかったというのが正しい。

ＪＲの特急に乗り、東京へと向かう。地元の駅から東京までは大体二時間で着く。その間、二日酔いの風太の話を聞いた。

風太は、東京の汐留（しおどめ）にある航空会社で働いているらしい。ネットで注文のあったチケットをさばくだけの仕事だよと言っていたけれど、今の自分には満足しているようだった。

連絡先を知ってはいるものの、現在の状況とか深いところまで話してはいなかった。

柊を亡くして以来、仲間たちとは何となく疎遠になっていたからだ。

「今度、飲もうぜ」

新宿駅で風太と別れ、小田急線に乗り世田谷のマンションへと戻る。一人暮らしだから、一日や二日留守にしただけでは部屋に何も変化はない。

ベランダ側の窓を開けると、コロンリンという鈴のような音が鳴った。見上げると、ガラスで出来た風鈴が揺れていた。

ベッドの上に、柊の家から持ってきた携帯電話と充電器、そして数学のノートを広げる。

結局、柊の両親には何も話せなかった。

たったこれだけの情報で事故ではなく事件だという証拠になるとも思えなかったし、今、この携帯電話が過去の自分と繋がるという意味を考えると、これは自分……十七歳の俺と解決しないといけないのではないか、そう思えたからだった。

だから、やっぱり、あいつと話さないといけないのだ。

柊を助ける為、過去を変える為、十七歳の俺と話をしないといけないのだ。

だが、その日の午前二時、前回と同じように『西岡和泉』に電話をかけたが、やはりコール音は鳴るものの、電話が繋がる気配はなかった。

それから毎日、同じ様に午前二時に電話をし、繋がらなくなるまで電話を鳴らし続けた。

そして、七月十四日。同じ様に午前二時に電話を鳴らすと一コール目で、カタンという電話を取る音が聞こえたのだ。

「もしもし？」

『あれは本当の話だったんだな』

十七歳の俺は、神妙な声だった。

「お前、何で電話に出なかったんだ？　コールが鳴らなかったのか、それとも」

『待った。そういう無駄な話は止めよう。俺、法則見つけたんだ』

「法則？」

『この電話のだよ。あんたからの電話ずっと無視してて分かったんだ』

こいつ、俺の電話、無視してたのかよ。心配して損したじゃねぇか。と言いたいのを我慢して話を聞く。

青春真っ盛りの高校生を怒らせると厄介なのは身に染みて分かっているつもりだ。

『理由は全く分からないけど、この電話は午前二時から二時七分までしか繋がらない』

「それ本当か？」

『あぁ、きっちり二時七分までだ。八分になると切れてる。それ以降コールも鳴らない』

なるほど、だから、電話のコールが途中で切れるのか、そういえばこの間の電話も途中で切れたな、あれは七分経ったからなのか。

ふと、壁にかかる時計を見る。今は午前二時一分ほどだ。

『それで、俺から話したいんだけど、いいか？』

「あ、あぁ」

『今日、電話を取ったのは他でもない。あんたが言っていた名前の奴らと接点が出来たからなんだ。今日、二月十六日。修学旅行の居残り組の教室で五人が一緒になった。それで俺はあんたを信じられないけど、信じてみようって思ったんだ。それで、俺は何をしたらいいんだ？　仲間になれって言ってたけど』

生意気な十七歳の俺は、ようやく大人の俺に、耳を貸す気になったらしい。

「実は、この電話でお前と話すと、こっちでは七月七日が繰り返されるんだ」

『七月七日って……柊の命日？』

「そうだ。そして繰り返すと、前回の七月七日と変化してるんだ。一回目は来てなかった風太が二回目からは来ていたんだ」

『繰り返す……なぁ、それってどうしても仲良くならないと駄目なのか？』

「どういう意味だ？」

『柊を助けるっていうなら、俺だけでどうにかするって事だよ』

「あぁ……」

『なんだよ』

「本当に一人で出来るのか？　柊を助けられるっていう自信があるのか？　俺が気付けなかった事を、俺が助けられなかった柊の事を……」

俺はずっと後悔していた。もっと柊に何か出来たんじゃないのかって。あの柊が最後に言った『話したかった事』は何なのかって。もっと柊と話をしとけば良かったたって。

そんな時、過去の自分と話が出来る様になった。これはチャンスなんだ、誰かが授けてくれたチャンスなんだ。あれが事故ではなく事件ならば、やれる事をやらないと駄目なんだ。その為には、一人じゃ駄目だ。仲間と助け合わないと。俺一人じゃ気付けなかった事や防げなかった事も、あいつらがいれば出来るはずだ。

『分かったよ……それで、あんたはどうやって仲良くなったんだよ』

「俺は……」

話そうと思った時だった。窓のカーテンが風で揺れ、何か違和感を抱いた。

何だ？　何かがおかしいぞ。さっきとは違う何か……。

『もしもし？　早く話せよ。もうすぐ七分になるぞ』

「え？　あぁ」

　そういえば、さっき、さっき……。

「さっき、教室で五人が一緒になったって言ったよな？　三人じゃないのか？」

『え？　麻生風太、吉野月子、林花谷乃、そして俺と柊の五人だけど。そうだ、さくたかゆきって奴が見つからないんだ。本当に、さくた』

「月子？　柊？　ちょっと待て、その二人は修学旅行に行かなかったのか？」

　十七歳の俺が言い終える前に、声が出ていた。

『そうだけど』

　もう一度、窓を見る。消えている。先程まであった風鈴が消えているのだ。違和感はこれだった。

　あの風鈴は、柊が買ってくれたものだ。

　俺は、修学旅行の旅費を捻出するのが難しく参加出来なかった。柊はそんな俺の為に、二人で近場に旅行しようと言ってくれた。そして、その旅先で柊が風鈴を買ってくれたのだ。

　だが、今回は、柊も修学旅行に行かなかったせいで、二人きりの旅行に行かなかったのか？　そのせいで風鈴も買わなかった？

　それとも、約束はしたが、何かがあって行けなかった？

　それとも、どこかで風鈴を壊したのか？

それに、月子まで居残り組にいるなんて。どういう事なんだ。

どちらにせよ、七月七日だけが変わるのではなく、俺の経験した過去も少しずつ変わっていくんだ。

『おい！　後一分もないぞ！　俺はどうしたらいいんだ』

「風太……」

風太の事を話そうとして言葉を止める。

もしかして……今の俺と十七歳の俺が話したせいで、柊は修学旅行に行かなくなったのだろうか？

だとしたら、俺が過去を話す事が、何に影響するか分からない。

だけど、過去を話さずに、七月七日の柊を助けられるのか？

『もしもし！　とにかく！　俺は風太と話せばいいんだな！』

十七歳の俺の声が、突如消えた。

通話の切れた音が鳴り響く中、携帯電話を見ると、画面の時計は午前二時八分になっていた。

起きると柊の部屋で、四回目の七月七日を迎えた。

柊の母親に呼ばれ、喪服に着替えて階下のリビングへ行くと、風太が法要の手伝いをしていた。

「何だ顔色悪いぞ。前夜祭で飲みすぎたのか？　ってか、法要なのに祭ってのも変か」

わははと笑いながら風太は座布団を持って出て行った。

「ほら、和泉君も突っ立てないで、これ運んでちょうだいね、十三時には住職さんいらっしゃるから」

柊の母親から、果物が入った籠を渡される。

前回の七月七日と変わっていた。あの携帯電話で十七歳の俺と話した為だろう。

俺は、あの事故が事件なのだというなら、それを調べ、止めればいいと思っていた。だけど、そのせいで別の何かが変わるというならば、考えを改めないといけない。

柊の運命を変えられるかもしれないけれど、別の何かを犠牲にしなければいけなくなる可能性が出てきたからだ。

それは、もしかしたら、他の誰かの命かもしれない。そして、その誰かは身近な人間かもしれない。今の俺に、その覚悟があるのだろうか。

「和泉君、どうしたの？　ぼーっとしちゃって」

果物籠を持って突っ立っていると、柊の母親に声を掛けられた。

「あ、いや、その」

まともに顔を見られなかった。柊を助ける事が出来るかもしれないのに、躊躇ったせいで見られなかったのだ。

「あの子、子供の頃から果物好きだったのよ」

柊の母親は、俺がぼーっとしているのを、柊との思い出にふけっていると思ったのだろう。

「特に、リンゴが好きでね」

初めて聞いた話だった。柊の事で、俺の知らない何かがまだあるなんて。いや、知らない事なんか沢山あるじゃないか。

『話したい事』それがその一つだ。

「あの子は、夜中に生まれたから、看護師さんも少なくて大変だったのよ」

「午前二時に生まれたって聞きました」

「えぇ、そう。正確には二時七分ね」

「二時七分……」

そっか、そうなのか、だから電話があの時間に繋がり、そして切れるのか。

「ちょっと、ごめんなさい」

柊の母親は、目元を拭いながら、その場を去った。

泣いているのを見られたくなかったのだろう。

もう分かっている。気丈にふるまっているのは、柊のいない悲しみを思い出したくないからだって。

本当は、今もなお、悲しみから抜け出せずにいるって。

その後は、今まで通りの十三回忌が執り行われた。そして深夜になるとまだまだ飲み続ける柊の父親と風太を置き、枕カバーを持って、二階の柊の部屋へとやってきた。

そして、約束したかの様に午前二時ちょうどに携帯電話が鳴った。

電話の向こうは、何月何日なのだろう。

まさか、もう七月になってないよな。

昨日話した時は、二月十六日だった。七月七日まで四か月ちょっとある。

だけど、月日の経過に法則性は無いように思えた。最初は二月四日だったのに、次に電話が繋がった時は二月九日だったからだ。

電話の着信音が突然切れる。時間を確認すると、午前二時八分になっていた。

さぞかし、十七歳の俺は怒っているだろう。

この電話を取り、過去を話せば、柊の運命を変えられるのかもしれない。

だけど、そのせいで何かを失う可能性があると気付いた今、それ相応の覚悟が俺には必要だった。

4

俺の住む街は、山に囲まれた湖を中心とした温泉街だ。果物も特産品の一つで、古い神社や湖面花火が見られるのも有名だ。

高校は、そんな湖の北側にある。学力レベルは中の上、上の下あたりで、俺はその中でも柊とは違って普通中の普通の生徒だ。

「じゃあ、それ終わったら自習な」

大あくびをしながら、男性教師が教室を出て行った。

居残り組の授業は殆ど自習みたいなものだった。教師がプリントを渡しに来るのだが、すぐに帰ってしまい、授業時間中にプリントを終わらせれば、あとは自由だった。

居残り組は、俺と柊、麻生風太、吉野月子、林花谷乃の五人。オヤジの話だと、あと一人足りない。さくたかゆきって奴だ。

だけど、本当にこいつらと仲良くなるのか？

柊を助ける為とはいえ、友情とか仲間とかって本当苦手なんだよな。

今日は二日目だが、接点がないせいか俺と柊が話す以外は誰も話さない。一日目も同じだった。たまに吉野月子が柊を見ているから、俺の知らないところで接点があるのかもしれない。

こんなんで、どうやって仲良くなればいいってんだ。

大体、昨日のオヤジの様子おかしかったよな？　もしかして、俺って騙されてる？

そのうち、訳の分からない壺とか売られたりする？　いや、まさかな。

「俺だって分かってるよ」

突然、窓際にいる麻生風太が校庭を見ながら呟いた。

プリント学習も終わり、それぞれが飽き飽きしている時だったからか、教室にいる皆が一斉に振り向く。

窓から見える校庭では、一年生たちが体育でバスケットボールをしていた。

外でやるバスケって眩しそうだな。それぐらいの感想しかなかったけど、体育館は他に使われていて仕方なく外でやってるのだろう。

だけど、これはいいきっかけかもしれない。

「何を分かってるんだ？」

外を見ていた風太が振り返る。自分の呟きが皆に聞かれていたのに驚いたようで、風太は「別に」と急に黙った。

普段の俺だったら、ここで会話を止めているのだが、チャンスを逃す手はない。

「なぁ、お前、その足どうしたんだよ」

初めて風太を見た時から気になっていた。右足にギプスがついているのだ。

「部活で転んだんだよ」

「ふ～ん。何部？」

「バスケ」

「ふ～ん。部活って大変なんだな」

話はそこで途切れた。次のターンは風太のはずなのに、話を続ける気がないようだ。

こんな時、ワンピースのルフィだったら、仲間になろうぜ！　なんて突然言ってもどうにかなるだろうけど、俺にはルフィの様な役割は無理のようだ。

大体、俺は柊以外の他人に興味がない。一番致命的だ。


昼食を食べ終わると、体操着に着替えて体育館に向かった。

五時限目は体育だった。

風太は、足を怪我しているから当たり前だが見学だ。本当に教師という奴は何を考えているのだろう。こういう融通がきかない無神経な教師がいるから生徒たちは反抗したくなるんだ。

「昼ごはんの後の体育ってお腹痛くなるんだよね」

柊は、廊下を歩きながら、腹をさすっている。

「五時限目の体育って考え直した方がいいよな」

俺も賛同する。他の居残り組も異論は無いようで、各々気怠そうに歩いている。風太も気怠そうに歩いているが、松葉づえを使っているからか、一番後ろを歩いている。

校舎は四階建てになっていて、一番上の四階を一年生が、三階を二年生、二階を三年生が使用している。もちろんエレベーターなんてものはない。だから、階段を下りる時、風太に肩を差し出した。

「大変だろ。肩使えよ」

風太は、え？　という顔をしていたが、それ以上に驚いているのは、柊だった。まじで、お前が？　と言いたげな顔をしている。

そうですね、今までの俺だったらしないですね。でも、俺にだって利害関係のない親切心ぐらいありますよ。

「わりぃ、これだけ持って」

風太は俺の肩を使わず、松葉づえを渡してくると、右足をあげ、ケンケンしながら器用に階段を下りていく。

「なぁ、そんな事してたら、また転ぶんじゃねぇの」

「大丈夫、大丈夫」

風太はへらへらと笑いながら危険も顧みず下りていく。

なるほど、麻生風太という男はそういう奴か。こいつとは仲良くなれるかもしれないな。

人と人っていうのは、こういう時に友人バロメーターというものが作動するのだ。柊を見ると、本当に大丈夫かね？　という顔をしていた。確かに、そのうちコケて反対側の足も骨折してしまいそうだ。

やっぱり肩貸すか。

風太に声を掛けようとした時だった。「あぶねぇ」の声が聞こえてきた。

先を行く風太を見ると、踊り場で下からやってきた男の集団と対面していた。

「悪いな」

風太は、右足を曲げたまま突っ立っている。

男の集団は、どうやら一年生のようだ。上履きの色でそれが分かった。

俺たちの高校は学年別で上履きが分かれている。俺たち二年は緑、三年は青、一年は黄色。ちなみにその色は次の年もそのまま持ち越される。

「あれ？　風太先輩、修学旅行どうしたんすか？」

「バカ、足骨折してて、行けるわけないだろ」

「あ、そっか」

一年同士で言い合っている。

どうやら、この一年生はバスケ部らしい。しかし、どうしてこうも、人の傷えぐってくる奴がいるんだ。見えるもの以上に別の理由があるかもしれないだろ、もっと気つかえよな。

「じゃあ、お疲れっした」

一年生の集団は、そのまま上の四階へと上っていく。

風太は、その後輩の集団を無表情で見ていた。

「麻生、行こう」

柊が声を掛けると、我に返った風太は「おう」と返事をし、またケンケンと階段を下りようとしていた。だけどその時、吹き抜けになっている階段上から笑い声が聞こえてきたのだ。

「修学旅行いけないなんて、運悪すぎだよな」

「あんなんで怪我する方が悪いんだ」

「お前、全然反省してないじゃん」

「なんで、俺が」

俺も柊も、そして他の女子二人も足を止めた。

ケンケンをせず階段で立ち止まっている風太の顔を見る。唇を噛(か)みしめ、悔しそうな顔をしていた。だが、俺たちが見ているのに気付くと、気まずそうに苦笑し、すぐにケンケンで階段を下りて行った。

体育の授業は卓球だった。体育教師はすぐにどこかに行ってしまい、俺たち五人だけになった。五人っていっても、一人は足を怪我しているから、稼働しているのは四人しかいない。

だから十分経った頃には、飽きて各々休み始めた。

「俺もやるかな」

なんて、風太が明るく言っていたが、それよりも先程の事が皆気がかりで、風太が卓球台の前に立っても、誰も相手になろうとはしなかった。

「ねぇ、その怪我って、さっきの後輩の誰かがやったの？」

林花谷乃が、空気を読まず風太に声を掛ける。

茶色い髪の毛を指にクルクル巻き付けながら話しているところを見ると、本当に興味があるのか分かったもんじゃない。

風太は、苦笑しながら「わざとじゃないさ」と言ったが、わざとじゃなくてもさっきの言い方は反省してないだろ、どう考えても。

「わざとでしょ」

低音のハスキーボイスが響く。二日目にして、吉野月子の声を初めて聴いた。それにしてもクールだ。クールすぎる発言だぞ。

「だよね！　絶対わざとだよね」

花谷乃は、髪をいじっていた手をようやく止め、興味津々に目を輝かせている。

こいつは空気読まない姫とでも言っておこうか。

柊を見ると、柊も俺を見ていて、困ったなという顔をしていた。

「本当、わざとじゃないんだ。俺が転んだだけだし」

風太は手持無沙汰そうにピンポン玉をくるくると回し、「先月試合があってさ、俺のミスで負けちゃったんだ」と話し始めた。

うちの高校は、マンモス高でスポーツが盛んだ。俺と柊は部活に入っていないが、スポーツ目当てで入学する生徒も多い。風太もその一人だった。

風太は元々陸上部だったらしい。だけど監督から引き抜きにあい、バスケ部に入部する事になった。ただやはり中学校や小学校からやっている奴らと比べると到底敵わないと実感した。騙し騙し続けたけど、そろそろ限界なのかもしれないと思っていたそうだ。

「先月の試合で、俺が敵と味方、間違えてパスしちゃって、接戦だったからそのせいで負けちゃって」

「で、負けたのとその足は、どう関係あるの」クールビューティー月子が能面のような顔で急かす。

「うん……。その試合の後に、部室で後輩の足に引っかかって、転んだ先にボールとか鉄アレイとかがあって」

「ぶつけて足を骨折したって訳か」柊がまとめる。

「そう。だから、別に後輩がわざとやった訳でもないし、俺もそろそろかなって思ってたから。今、怪我が原因で休んでるけど、これがきっかけになったのかなって」

「それって、このまま辞めるって事？」

「まぁ、うん……」

風太は、空気読まない姫の声に、ハハハと無理やり笑っていた。

変な沈黙が体育館に流れるのを察してか、柊が、

「林さんはどうなの？　どうして修学旅行いかなかったの？」

風太の話題を変える様に話を振った。

「え？　あたし？　あたしは、行ってもいい思い出にならないかと思って」

意外な答えに皆が一斉に花谷乃を見た。自分が注目されているのに気付くと、花谷乃は耳まで真っ赤になってアハハと笑う。

「いや、なんちゃってね。吉野さんは？　修学旅行とか参加してた方が内申有利になるんじゃないの？」

「私はもう、いい内申書もらえるぐらいの活動してるから。それに塾にも行かないと」

花谷乃の声に、月子がこれまたクールに答える。

「あはは、そうだよね。生徒会役員でその成績だったら関係ないか。じゃあ一ノ瀬君は？　ってか一ノ瀬君も、もしかして吉野さんと同じ？」

「僕は、和泉の付き添いだよ」

「え？」

花谷乃は、柊を見ていたが、横にいる俺に顔を向け、もう一度「え？」と言った。

「和泉が行かないっていうから、僕も行くの止めたんだ。それだけだよ」

花谷乃が明らかに戸惑っている。

「ちなみに俺は旅費を出すのが惜しかったからだから」

俺の理由を説明すると、

「え？　あ、そうなんだ」とまた戸惑っていた。

結局、体育の授業はお互いの身の上話で終わった。

六時限目はプリントを終えると自習もせず、皆、眠りについた。十分しかやってない卓球の疲れを癒す為だ。そして放課後は前日と同様に、各々帰途についた。

平日は、駅前のファーストフード店でバイトをしている。去年の十一月終わりから始めているから、かれこれ三か月になる。殆どは軽い調理がメインなのだが、人が足りない時はホールも手伝ったりしている。

「家でやった方が捗(はかど)るんじゃねぇの？」

午後九時すぎ、ファーストフード店の二階は駅前とはいえ、客はまばらだ。

「塾の帰りだから、お腹(なか)が減ってるんだよ」

問題用紙に目を向けたまま、柊は答える。ファーストフード店からほど近い塾に通っていて、講義が終わると勉強しながら俺を待っているのだ。

「後どれくらい？」

「一時間かな、十時までだし」

本当は生活費や大学費用を貯(た)める為にもっと働きたかったけど、十八歳未満の未成年者は十時までって法律で定められているから、その時間が限界だった。

「オッケー、待ってるよ」

柊と約束すると、バイトに戻った。後一時間はもっぱら掃除がメインだ。二階の床掃きをし、テーブルを消毒し、ごみを片付ける。

まとめたトレイを持ち、一階へとやってくる。キッチンの大型洗浄機にかけ、今度は一階のゴミをまとめている時だった。

「なぁ、渡部(わたべ)。風太先輩の事、大丈夫なのかよ」と声が聞こえた。

風太、という名前が気になり、ちらりと声がする方を向く。

昼間、階段で会ったバスケ部の後輩たちが数人そこにいた。

こいつら、俺がファーストフード店の制服を着ているせいか、昼間会ったのに気付いてないいんだろうな。風太の後輩たちは話を続ける。

「別に、俺は何もしてないし。たまたまあの人が俺の足に引っかかっただけで、たままま置いた荷物の上に倒れただけだし」

「たまたまねぇ」

「本当の事、言えよ」

「うっせぇな」

後輩たちの顔はにやにやしている。

どうやら、渡部という後輩の足に風太が引っかかったらしい。

渡部はサラサラの髪を真ん中分けしているのだが、邪魔なのか、カッコつけてるのか、常に手で髪をかきあげている。背はバスケ部らしく高身長で、室内競技のはずなのに肌は真っ黒に日焼けしていた。

「あの人、足が速いってだけで何でレギュラーなんだ、しかもミスばっかだし。早く辞めてくれたらいいのに」

なんだこいつら。それが先輩に言う言葉かよ。

イライラしていると、ゴミ箱横にある階段に柊が立っているのを見つけた。

柊は首を横に振り、自分の腕時計を指差し、今度は外を指差した。

時間まで外で待ってるという意味だろう。柊は学校の制服を着ているから後輩たちに気付かれないように外にいるようだ。

午後十時になり、着替えると、外にいる柊と合流した。

柊は自転車に乗ってきていて、荷物をカゴに入れるよう促す。

「やっぱりわざとだったんだな。怪我させたの」

駅前から自宅まで自転車だと三十分。そんなところを俺たちはチンタラ歩きながら帰った。

「どうする？」

「どうするって？」

「このまま引き下がるのか」

柊は、イライラする俺の顔をジッと見てきた。

「なんだよ」

だから、突っかかるような物言いになった。

「なんか、この間から変だね。和泉が他人の事に口出すなんて、やっぱり何かあった？」

「何かって、ただ、許せないんだよ。大勢で一人をって精神が。体育会系の奴らがやることかね」

オヤジに言われた、仲良くならなければいけないという使命の前に、俺は曲がった事が嫌いだ。特にイジメってやつが大っ嫌いだ。

「体育会系だからだよ、何でも集団行動」

「相変わらず冷めてるな」

やっぱりこいつはスマイル無表情だ。

「和泉こそ、人に興味ないって言う割に、こういうのは許せないんだね」

「うっせぇな。文句あんのかよ」

「文句はないよ。ただ、和泉のいいところだなって思ってさ」

柊は、あの爽やかな笑顔で俺を見ていた。

「な、何だよ、それ」

「ん？　別に、そう思ったから」

「と、と、とにかく、俺はあぁいうの許せないんだ」

カゴに入れた荷物を奪う様に取ると、「じゃあな」と言い、柊が止めるのも聞かず走り去った。

なんだか照れ臭かった。俺のいいところと言われて照れ臭かったのだ。

家に帰ると、勉強しながら午前二時を待った。オヤジに風太の件を報告する為だった。

だけど、オヤジは電話に出なかった。

「どうしたんだ?」

結局、繋がらないまま午前二時八分になってしまい、話せなかった。

もう寝てしまったのだろうか? もしかして、具合でも悪いのだろうか?

それとも、十二年後の向こうで、何かがあったのだろうか?

携帯電話の画面には、デジタル時計が表示されている。カレンダーの予定表のボタンを押し、七月七日の欄を開く。

柊はこの日、死んでしまうらしい。らしいというのは、まだ、オヤジを完全には信じられずにいるからだ。だけど、接点がないと思っていた奴らと、同じ教室で過ごしているのを考えると、全部が嘘だとは思えない。だから、柊を守る為に、俺が今出来る事をするしかないのだ。

七月七日に、十三時と雨のマークを入力すると、携帯電話を閉じた。


翌日、風太は病院に行く為休みだった。本当は午前中しか掛からないのだけど、プリントしかやらない授業じゃ意味ないだろうからと、教師が許したそうだ。

一時限目のプリントを配り終わり、教師が出ていくと、

「皆、集まってくれないか」そう声を掛け、机の上にノートを出した。

皆と言っても、風太がいないから、柊、クールビューティー月子、空気読まない姫の

三人しかいないのだけど。

　三人は、ん？　という顔をしながら、俺の机に集まってくる。

「実は、風太なんだけど」

　昨日、バイト先で見た事、聞いた事を話す。柊は口出しせずに聞いていた。

　空気読まない姫こと林花谷乃は、目をランランと輝かせ、クールビューティー月子こと吉野月子は、つまらなそうな表情をしているが（多分、元の顔がそうなんだろう）真剣に話を聞いていた。

「それで、私たちにどうしろっていうの？」

「先生にチクるとか？」

　月子は話を急かし、花谷乃はまだ目をランランとさせている。

「そんな事したら、バスケ部全体で責任取らされて、大会自体出場できなくなるんじゃないかな？」

　花谷乃の発言に、柊が冷静に判断を下す。

「そうなんだよ。だけど風太だってこのままじゃ腹の虫がおさまらないだろ？　本人、今、ここにいないけど」

「どうするつもり？」「どうするの？」「何するつもり？」三人の声が合わさった時、俺は返事をする代わりにニヤリと笑った。

その日の夜。バイトを終え、午前二時になるまで待った。オヤジと話す為だった。だけど昨日同様にコール音は鳴るのだが、電話を取る気配はなかった。

まさか、まさかとは思うけど、俺、無視されてる？

いや、まさかだよな。そんな事、二十九歳の大人がするわけないよな？

何度も何度もかけ直し、そして遂に電話が繋がる音がした。

「あんたさ、まさかと思うけど、俺を無視したのか！」

勢いあまって怒鳴りつけるが、電話の向こうからは何も聞こえない。

「この間の仕返しかなんかか！」

『その声、和泉だよね？』

だけど、電話の向こうから聞こえてきたのは、若い男の声だった。オヤジの太い声ではなく、これは明らかに柊の声だ。

慌てて、画面の時間を確認する。時刻は午前二時九分だった。

怒りで我を忘れ、電話をかけまくっていたから二時七分が過ぎているのに気付かず、時間が過ぎて柊にかかってしまったようだ。

『どうした？　誰に無視されたって？』

「いやいやいや、何でもない。テレビ見ててさ」

『そうなんだ、僕も見ようかな』

「いやいや、ぜーんぜん面白くないから。それに録画したやつだからさ。悪い、寝てたか？」

『塾の復習してた』

「あぁ、さすが。学年一位様ですね、こんな遅くまで」

オヤジに電話をかけた事を悟られたくなくて、必死に話題を変えていく。勘のいい柊に気付かれてなければいいのだけど。

「俺、寝るわ。悪かったな邪魔して」

『うん、また明日』

電話を切ると、ため息をついた。これからオヤジに電話する時は気を付けないといけない。


翌日は朝から大忙しだった。まず、朝やってきた風太に作戦の報告をした。後輩の件はなるべく回りくどく話したのだけど、

「それって、わざとやったって事だよな」と言われて、言葉につまってしまった。

「どうする？　やる？　やらない？」

柊がはっきりと聞くと、風太は何度か躊躇った後、小さく頷いた。

作戦其の一　後輩にエロ本を拾わせる。

俺の作戦を聞くと、呆れたのか、月子のクールな顔は一瞬歪み、花谷乃は口をパクパクとさせた。

「エロ本……」

「男子って本当最低」

「これくらいで最低なんて言ってたら、お前、生身の男と付き合えないぞ」

「ななななな生身って！」

俺の声に、花谷乃の耳や頬は赤くなっている。案外こいつ純粋なのかもしれない。

「だけど、拾うなんて、やってみないと分からないんじゃない？」

「そうだよ！」

呆れ顔の月子と、顔を真っ赤にした花谷乃が反論する。

「いいや、俺には分かる。十代男の心理が嫌って程わかる。絶対後でこっそり見るはずだ。だから誰にも言わず手に持っているノートに挟むんだ。うははははは」

だけど、これを実行するのが一番骨が折れた。

一時限目の休み時間に、後輩渡部の動向を探ったが、典型的な高校生の男だった。可愛い女子がいたら振り返り、一生懸命話しかけるし愛想を振りまく。これだったら、俺が持ってきたエロ本にも食いつくだろう。

次に一年一組の時間割を調べ上げる。二時限目がちょうど音楽の授業だったので、そこを狙う。音楽の授業の時、絶対に通る廊下にエロ本を置いた。だけど、その本を拾ったのは、体育教師だった。

「何を持ってきてるんだか」

にやにやぶつぶつ言いながら体育指導室に持って帰ったのを柊と共に確認済だ。あの様子だと絶対に返す気はない。

要するに、廊下に置いても後輩渡部とは別の誰かが持ち去る確率が高いという事だ。

「どうする？」

こういう時は、柊様に意見を聞くのが早い。

「僕に考えがある。ちょっとリスク高いけど」

柊が普段とは違う笑顔をした。口角をくいっとジョーカーの様にあげる笑いだ。不気味だが、こういう時の柊ほど頼もしいものはない。

ただ、話を聞いた後に、誠にリスクが高いでごわすね。と思わずにはいられなかったが……。

柊の作戦は、こうだった。

後輩渡部のクラスは一年一組、俺たちのいる二年一組のすぐ上だ。一年一組が教室移動でいない時に、二年一組から一年一組の教室に忍び込む。もちろん授業中の話だ。

二年生の教室は今、修学旅行で誰もいないから、プリントを置いていく教師さえやり過ごせばすぐに抜け出せる。問題は一年生の廊下だ。そこで教師に出くわしたもんなら言い訳も何も出来ない。

しかも、それをやるのは……。

「俺しかいないよな」

がっくりと項垂れても、誰も助けてはくれなかった。

「まぁ、和泉が言い出しっぺなんだし」

柊は容赦なく突き放す。

「俺の事だけど……足怪我してるし」

風太は、ギプス付きの右足をわざわざ見せてくる。

「あたしはやってみてもいいけどね」

花谷乃はワクワクと目を輝かせているが論外だ。どんくさい行動が目に見える。

「私も別にいいけど」

無表情に月子も答える。そうか、月子なら万が一教師に出くわしても上手くやり過ごせそうだな。

「いや、女子二人には他にやってもらいたい事があるんだ」

だけど柊が、女子二人を止めた。

というわけで、俺が、授業中に一年一組の教室に忍び込み、後輩渡部の机にエロ本を入れる係になった。

結論からいうと無事成功だった。というか授業中の廊下はどこも静かで、普通に階段を上り、普通に一年一組に侵入出来たのだ。教師にも出くわさなかったし、ものの三分で作戦は成功を収めた。

作戦其の二　後輩は、エロ本を隠す。

この作戦は、柊の出番だった。

一年生の生徒会役員（そういえば、月子と柊は生徒会役員で一年生から一緒だった）に用事のあるふりをして、後輩渡部の動向を確認するというもの。

移動時間を終えた五時限目の休み時間に、それは確認出来た。

柊と一緒に一年一組に行くと、「きゃあ、一ノ瀬先輩だ」「今日もかっこいい」なんて声を聞きながら俺は教室をのぞいた。誰も俺に関心を示さないから楽っちゃ楽だが、こうまで存在を無視されるといじけたくなるのも本音だ。

窓際の一番後ろの席が後輩渡部の席だ。周りに気を付けながら見ていると、後輩渡部が机の中のエロ本を見つけるところだった。

周りをキョロキョロし、あからさまに挙動不審だったが、横にある鞄にエロ本をしまっているのを確認した。

作戦其の三　エロ本を鞄から盗み、クラスの机に隠しておく。

これは、風太の出番だった。

その日の放課後。風太はずっと休んでいた部活に顔を出した。後輩渡部は何事かと、自分がしでかしたのを監督にチクられるんじゃないかと気が気ではない感じだったという。

風太は特に何を言うでもなく、数十分練習を見学すると立ち去った。安堵する後輩渡部の顔を風太は確認したそうだ。

だが、それと同じ時、俺と柊はバスケ部の部室に入り込み、後輩渡部の鞄からエロ本を抜き取っていたのだ。

作戦其の四　家に帰った後輩は、鞄にエロ本がないのに当然焦る。

まさか机の中に忘れてきたのか！　クラスメイトには絶対知られたくない！　特に女子には！　当然、学校に取りに来る。そして、お化け作戦だ。

「お化けってずいぶん子供っぽいわね」

月子は呆れているのか、腕を組んでいる。

俺と柊は、エロ本を部室から盗むと、月子と花谷乃と合流した。

「これが仕返し作戦なの？」

花谷乃は急に興味を無くしたのか、髪の毛を触り始めた。

「じゃあ、午後九時に学校に一人で来て、真っ暗な中、幽霊に出くわしたらお前らどうするんだよ」

「トラウマかも……」

花谷乃は、前言撤回する様に身震いする。

「だろ？　そうだろ？　俺は暴力で仕返しするのが嫌なんだよ。目には目をじゃなく、目にはお化けをだ！　待ってろよ！　ぎゃはははははは」

俺以外の三人は、あからさまに呆れた顔をしている。

「ねぇ、一ノ瀬君、西岡君っていつもこんな感じなの？」

最後まで表情が変わらない月子は、俺に聞こえる様に柊に聞く。悪口っていうのは、普通、陰で言うもんだろ。

「うん。小学生から変わってない」

「小学生でも今時考えないよね」

柊と月子の会話に、花谷乃も同意のようだ。

「おい、お前ら全部聞こえてるからな!」


「で、何で私がお化け役なの?」

午後八時半、月子は、白いシーツに包まれ文句を言っている。外は雨が降っていて、寒さから、俺たちは、ぶるぶると震えながら教室で待機していた。

「顔がちょうどいいんだよ」

風太の発言に、月子は気分を害したのか、呪いをかける様に風太をジッと見ている。

この作戦を実行する為、俺はバイトを早々に切り上げ、柊も塾を早引けした。

俺と月子、風太、三人が集まっているのは、一年二組の教室だ。ここで一組に来る後輩渡部を待ち伏せるって訳だ。

他の二人、柊は学校の玄関で後輩渡部が来るのを待っている。(ちなみに念には念をいれ、生徒会で居残りする事は学校側に伝えている。そういうところはさすが柊としか言いようがない)もう一人の花谷乃はというと、後輩渡部の自宅を張り込みしていたのだが、もう二十分前に家を出た連絡はもらっていた。

「夜の学校って不気味だよな。雨降ってるから余計に不気味度が増すっていうか」

「やっぱそうだよな。俺だったら絶対来ないけど」

俺たちの声が誰もいない教室に響いた時、携帯電話のバイブがぶるぶると震えた。上着で画面の光を隠し、確認すると、柊からのメールだった。

『今、ターゲット通過』

ふっと笑顔になる。ターゲットって……柊も意外に乗り気らしい。

「今、玄関通ったって」

「やっぱり、取りに来たんだな」

机に隠れ、俺たちは後輩渡部を待った。そして数分後、廊下を歩いてくる音がした。ひたひたと歩く音は、こっちが肝試しをされているような錯覚を起こす。風太の唾をのむ音が聞こえた。風太も緊張しているのが窺(うかが)える。

だが、ただ一人だけ冷静な奴がいた。

クールビューティー月子だ。先ほどまで文句を言っていたのが嘘のように、役になりきっている。暗闇なんか怖くない様だ。むしろ正体を知っている俺たちの方が月子にビビっている。それぐらい月子はもう幽霊になりきっていた。

後輩渡部は携帯電話を懐中電灯代わりにしている様で、小さい光が二組の前廊下を通過した。そして、一組に入る扉の開閉の音が聞こえる。

ガサゴソという音。「あった」という声。再び扉の開閉の音が聞こえたかと思うと、ひたひたと廊下を歩きだした音が響く。

再び、二組の前を通り過ぎるのを確認すると、机に隠れていた月子は立ち上がった。名女優のお出ましだ。

こっそりと気付かれないように、月子が二組を出ていく。それを俺と颪太は見守った。

ひたひたひたひた。すっすすっすすっす。

ひたひたひたひた。すっすすっすすっす。

ひたひたひたひた。すっすすっすすっす。

ひたひたひたひた。すっすすっすすっす。

ひたひたひたひた。すっすすっすすっす。

後輩渡部は、自分の足の音とは別に、何者かの歩く音が聞こえたのだろう、急に立ち止まった。だが、名女優は立ち止まらず、後輩渡部めがけて歩み寄る。そして、白いシーツが包む手が後輩渡部の肩に触れようとした瞬間。

「私が、見えるのね」

低音ボイスが耳元で囁く。

「ぎややややややぁぁぁぁぁ」

今まで聞いた事もない声が廊下に響き渡る。後輩渡部は持っていた携帯電話とエロ本を放り投げ、走り去った。それは、さすがバスケ部！　と拍手したいくらいの猛ダッシュだった。

「何よ、失礼ね」

名女優の余裕のセリフだ。

こうして、俺たちの作戦は成功を収めた。

雨の中、校舎裏で待っている柊と合流する。花谷乃は後輩渡部が無事に家まで帰るか見届ける為、まだ家を見張っている。

「叫び声、裏まで聞こえたよ」

柊は苦笑しながらも、本当は現場にいたかったのだろう、状況を聞きたくて仕方なさそうだった。

「エロ本と携帯投げていったんだ。これどうしたらいいと思う？　本はいいにしても、携帯は返さないとだよな？」

「あぁ、そうだな。僕が預かろうか。生徒会の風紀担当に渡しておくよ、落とし物だって」

柊は携帯電話を預かると、鞄に入れた。

「麻生、その足じゃ帰るの大変だろ？　送っていくよ。和泉は吉野さん送っていってくれる？」

「え？　あぁ……なんだよ、話聞かないのか？」

「うん。林さんも聞きたいだろうから、明日、一緒に聞くよ」

そう言うと、近くに停めてあった自転車を動かした。荷台に風太が乗り、前にいる柊に傘を差す。

「じゃあ、明日」

柊と風太が乗る自転車が去っていくと、「俺たちも行くか」と月子と歩き始めた。

月子の家は、高校から歩いて十分もかからない場所にあった。

傘を差しながら、夜道を歩く。

月子は二人きりになると、もっと無口になり、まるで一人で歩いている様な気分になった。

俺も俺で、女子と二人きりで歩くのなんか初めてで、結局、月子の家まで殆ど話さずに、「また明日」それだけ言って別れた。

ただ、「うん、また明日」という月子の低音の声が心地よくて、彼女が家に入っても、俺はその場に立ち尽くしていた。

その日の午前二時。オヤジに電話をかけた。もちろん話を聞く為だ。だけど、やはり電話は繋がらなかった。

ため息をつく。もし、このままオヤジと電話が繋がらなくなったら、どうすればいいのだろう。俺は一人で柊を助けなければいけないのか。いや、違うか、あいつらと一緒に柊を助けるんだった。

だけど、本当に……柊はいなくなってしまうのだろうか。

翌日、学校に行くと、花谷乃が待ってましたとばかりに、目を輝かせていた。一時限目のプリントを早々に終わらせ、作戦の話をした。

「あぁやっぱり、あたしがお化け役やりたかったな」

花谷乃は羨ましそうに月子を見ている。

「お前じゃ、なんだか愉快になるだろ。あれは吉野がやるからいいんだよ」

「それは、どういう意味かしら、麻生君」

皆といる時の月子は、少し饒舌（じょうぜつ）になる。顔は無表情だが、その無表情にもいろんな種類があるのだと、この数日で気付いた。

「あぁ、今日でこのクラスともお別れか。この教室、意外に居心地よかったのにな」

花谷乃は心底残念だと言いたげな顔をしている。

今日でこの居残り組との授業も終わる。来週からは修学旅行に行っていた奴らが戻ってくるのだ。

「あっ、外、見て」

柊の一声で、一斉に外を見る。

山向こうに青空が見え、昨日から降り続いていた雨が今にも止みそうな雰囲気だった。

「私、雨は嫌いだけど、雨上がりの匂いって好き」

月子が窓の外を見てポツリ。

「あぁ分かるわ。なんか、なんとも言えない匂いがするよな？」

風太が鼻をひくひくさせている。

「私は、あの匂いを嗅ぐと、異世界に紛れ込んだかと思うんだよね」

花谷乃の乙女チック発言。

三人の声を聞き、柊を見ると、柊も俺を見ていた。なんだかおかしくなって二人で笑い始める。

「何がおかしいの」

月子が不満げに低音ボイスで尋ねてきた。

「ペトリコールっていうんだよ」

「何が？」

俺の言った事が分からないようで、風太は、なんだそれ？　食いもんか？　と言いたげな顔をした。

「あの匂いの名前だよ」

「へぇ、あの匂いに、名前なんかあったの？」

花谷乃は、感心した顔をしている。

「そっ。俺も雨上がりの、あの乾いていく感じが好きだったんだ。そしたら、柊が教えてくれたんだよ。な、柊」

「うん。ギリシャ語で石のエッセンスって意味らしい」

冬の雨。寒くても、どこか暖かいのは、一人ではなく、こいつらがいるからかもしれない。

「なぁ、この後の昼飯、抜け出さねぇ？」言い出したのは、風太だった。

「みんなにお礼したいんだ」照れているのか、風太の顔は真っ赤だ。

「お礼なんて、別になぁ」俺は皆に同意を求めると、

「国道のファミレスは？」花谷乃はすかさず空気読まない提案をした。

だけど、皆、賛成だったようで、にやにやとしている。

その後、四時限目が終わると、学校を抜け出し、近所にあるファミレスに向かった。

「五人、禁煙席で！」

一番に店に切り込んだのは風太だった。松葉づえをあんなに上手く使えるのは、こいつしかいない。飯の為なら何でもするなコイツ。

店内は混んでいたが、席はすでに『麻生』で予約されていた。

月子が休み時間に予約していたのだそうだ。さすが抜かりない。

花谷乃は、セルフの水とおしぼりを持ってきて、皆に配ってくれた。

柊は、「君たち高校生だよね？　学校は？」と聞いてきた店長に、教師の許可書を見せた。

もちろん、その際、教師に賄賂のジュースを渡したのは、この俺だ。

なんだか、五人の役割が見えてきたようだ。

5

七月十日。新宿駅から電車を乗り継いで、長野県の安曇野(あずみの)市に来ていた。この街に来るのは十二年ぶりだ。以前来た時は、柊と二人で修学旅行代わりの旅行として訪れていた。

穂高(ほたか)駅で下車すると、駅前で自転車をレンタルし、柊と来た時と同じ道順で街を散策した。

わさび農園を回り、サイクリングロードを走り、そして川沿いにある小さなガラス工房へとやってくる。

　ガラス工房の横にちょっとした店があり、そこでガラス細工の販売も行っていた。十二年前、ここで柊に風鈴を買ってもらったのだ。

　休日だからか、店内には数人客がいた。もしかしたら、体験コースをやりに来た人なのかもしれない。前回訪れた時、柊と共にガラスのコップを作ったのを思い出した。

　店内を見て回ると、柊が買ってくれた風鈴と同じ物を窓際に見つけた。ここの店主が作ったものなのだろう。

　透明なのだが、水色の波を打つ線が入っていて、コロンリンコロンリンと音がする。音や見た目その全てが、あの風鈴に似ていた。

　柊の買ってくれたあの風鈴はもう手元にはない。旅行自体が無くなってしまったからだろう。

　俺が過去を話す事で、こうやって柊との思い出が少しずつ消えていくのかもしれない。

「手に取ってみますか？」

　窓につるされている風鈴を眺めていると、店員に声を掛けられた。

「いいですか？」

　笑顔で「はい」と返事をした店員は、風鈴を丁寧にはずすと、俺の手の中に置いた。

　表面の滑らかなフォルムを撫でる。見れば見るほど、触れば触るほど、柊が買ってくれたものに似ていた。

「一点ものなんですよ」

いつからここに置いてあるものなのか、聞いてみようか。だけど、そう聞く前に、「これ、頂けますか」と声に出していた。


自宅のマンションに着く頃には、夜の十時になっていた。

丁寧に包んでもらった風鈴をベランダの窓際に取り付ける。以前からあったかのような存在感で風鈴は、コロンリンコロンリンと鳴っている。

過去を話せば、柊の運命を変えられるのかもしれない。だけど、その見返りは何かあるはずだ。それは、柊との思い出が無くなっていく事かもしれないし、周りの誰かに影響を及ぼす事なのかもしれない。

だけど、やはり柊を助けたかった。何かを失っても、誰かを失っても、どうしても柊に会いたかった。

午前二時を待って、あの携帯電話で十七歳の俺に電話をかける。二コールを待たず、電話が繫がった。

『今まで何してたんだよ』

「……悪い。今、そっちはいつだ？」

『三月二十一日。もう春休みに入った』

一か月経っている。二、三日、電話を取らなかっただけで、そんなに日にちが経っていたのか。

「風太はどうなった？　他のやつらと話したか？」

『もうとっくだよ。あんたさ、まさかと思うけど、俺のこと無視してたのか？』

「それは……」

『ふざけんなよ！　俺がどれほど電話をかけたか！』

「悪かった……」

電話の向こうの声が一瞬止まった。悪い。そう素直に大人に謝られ、どうしていいか分からなかったのだろう。

『そう思うなら、一つだけ約束してくれ。これから何が起きても、電話を無視するのは止めようぜ』

十七歳の俺は、以前自分がした事を忘れているようだ。

『俺たちは何があっても柊を助けないといけないいんだから』

そうなのだ。俺たちは柊を助けなければいけない。何が何でも、誰が何を言おうと、柊を助けなければならない。それだけは、俺たちの中で、共通している事だ。

「今日は俺の話を聞いてくれないか」

『……なんだよ』

「この間、電話で話すと、七月七日が何度も繰り返されるって話したよな？」

『あぁ、来てなかった風太が来るようになったって』

「そうだ。それなんだけど……」

『はっきり言えよ』

「七月七日だけじゃなく、過去も少なからず変わっている。俺の知ってる過去とは微妙に違ってるんだ」

『どういう事だ？』

「この間、柊も修学旅行に行かなかったって言ってたけど、俺の時、柊は修学旅行に参加してたんだ。それに吉野月子も。多分、俺とお前が電話をした事で、俺の知っている過去と少しづつ変化していくんだと思う」

『それって、いい事なんだよな？』

何かを考えているのか、電話の向こうが静かになった。

どうやら十七歳の俺は、同じ事を考えたようだ。

別の何かが犠牲になるんじゃないかって。だけど、決めたんだ。

「俺は何が何でも柊を助けたい」

『……そうだな』

「ただ、なるべく電話をかけるのは少なくしよう。俺の知っている過去と変化しすぎたら何も助言できなくなる」

『分かった。そういえば、あんたが言ってた柊のノートの日付っていつなんだ？　この間、柊のノート見たけど、何も書いてなかったんだ』

「六月十四日だ。だけど、その日付も変わるかもしれない」

『そっか。でも覚えておくよ』

「あぁ、頼む……今、そっちは、三月二十一日って言ったよな？」

『そう。あと少しで新学期だ。高三になる。そういえば、さくたって奴がどこにも……』

　そこで電話が突然切れた。壁にかかる時計を見ると、午前二時八分を指していた。

　朝、目を覚ますと、五回目の七月七日になっていた。

　見覚えのある天井。見覚えのある勉強机に本棚。柊の部屋だ。起き上がり、カーテンを開けると、生い茂っている森のような庭が見え、空からは雨が降っていた。

「和泉君、そろそろ起きて」

　柊の母親に呼ばれ、喪服に着替えて階下のリビングへ行くと、風太が法要の手伝いをしていた。

「ようやく起きたな。前夜祭で飲みすぎたのか？　ってか、法要なのに祭ってのも変か」

わははと笑いながら風太は座布団を持って出て行く。

「ほら、和泉君、十三時には住職さんいらっしゃるから、ご飯食べちゃってね」

キッチンから、柊の母親が出てきた。だけど、何か違和感を抱き、声を掛ける。

「おばさん、果物は？」

前回の七月七日では、柊の母親に、果物の籠を持っていくように言われたのだ。十七歳の俺と話したから変わったのだろうか？

「それなら、さっき……」

その時、リビング横にある仏間から、「雨、止まないね」と女性の声が聞こえた。

振り返ると、作田夏雪が果物籠を持って立っていた。

6

四月の新学期は他の新学期より特別だ。当たり前だけど学年が上がるだけではなく、クラス替えがあるからだ。

玄関でクラス割りを見ると、三年二組に俺の名前と、柊、風太、月子、花谷乃の名前を見つけた。もう驚かなかった。むしろそうじゃない方がおかしい。だけど最後の一人、作田夏雪の名前を見た時は、何度も何度も目をこすり、何度も何度も確認をした。

オヤジの言う通り、作田夏雪は存在していた。

三年二組に行き、黒板に貼ってある座席表を確認する。作田夏雪と自分の席を確認し、席を見る。作田夏雪はまだ来ていない様だった。その代わり、柊が俺の席に座っていた。

「今年も一緒だな」

柊に声を掛ける。

「何で、電話しなかったんだよ」

噛み合ってない返答に、ん？　という顔をしたが、ふと廊下側の席を見ると、風太が手を振っていた。

どうやら、風太から昨日の話を聞いたらしい。

昨日、俺はバイトが休みだった為、風太を誘って湖で釣りを楽しんだ。風太は足の怪我がすっかり治ったのだが、バスケ部には戻らず部活を辞めた。どうせ受験だしな、と言っていたが、解放されたのだろうスッキリとした顔をしていた。

「お前は勉強してたんだろ？」

「だとしても、誘うべきだよ」

今度は明らかに不機嫌な口調だったので顔を覗き込むと柊の口は一文字に閉じられていた。これは完全に機嫌が悪い顔だ。こうなった時の柊はとんでもなく面倒だ。スマイル王子とは別の人格が現れる。ここで扱いを間違えると長引くぞ。

だけど、釣りに誘わなかっただけで膨れる柊がなんだか面白くて笑ってしまう。

「何がおかしいのさ」

ニヤついてる俺の顔を見た柊は「まったく」と言いながら廊下側の自分の席に移動した。

苗字(みょうじ)で席順が決まっているから、廊下側一番前は風太、その後ろが柊の席になる。俺は真ん中の一番後ろで、右横は花谷乃らしい。そして目当ての作田夏雪は、俺の斜め前のはずだったが、やっぱり姿がない。どんな奴なのかと少なからず興奮していたが、ホームルームが始まっても、担任が挨拶しても、作田夏雪は姿を現さなかった。

「作田さんなら知ってるよ」

「私も名前は知ってるわ」

柊と月子がランチセットについているスープを飲みながら声を揃える。

始業式が終わり、授業もない午後、バイトまで時間があるからと昨日のお詫(わ)びに柊を昼飯に誘うと、話を聞いた風太が「俺も行く」と参加し、はたまた花谷乃が「ファミレス行こうよ、スプリングフェアしてるらしいよ」と有無も言わせず話に混ざり、「私も行くわ」と低い声で月子までが参加した。

そんなこんなで俺たちはファミレスで昼食をとった。

今回はもちろん風太の奢りでも何でもなく自腹だから、一番お得なランチセットを男たちは頼む。女子たちは各々体に良さそうなものを頼んでいた。

「そんな有名人なのか？」

「有名っていうか、神テンの常連なんだよ」

柊が、なんともなく言っている神テンというのは、成績上位者の事だ。うちの学校は試験の度に、上位十名の名前を掲示板に掲げている。それを生徒たちは、神テンと呼んでいるのだ。もちろん、ここにいる柊と月子は毎回神テンに入っているという末恐ろしい猛者でもある。

掲示板なんか見る必要のない俺は、作田夏雪の名前を知らなかったという訳だ。だけど、それでも二年も在籍してれば名前ぐらいは噂で聞きそうなものだけど。

「作田さんは学校に来てないんだよ」

「ん？　来てないって？」

「いわゆる不登校ってやつになるのかな？　まぁでも勉強は優秀だから学校も黙認してるみたいで、学校では一度も見てないかな」

おいおい、公立高校がそんなんでいいのかよ。

「彼女がどうしたの？」

俺と柊以外の三人は、ドリンクバーで何と何のジュースを混ぜ合わせたら美味しいか選手権をし始め、俺たちのやり取りを聞いていない。

「ん？」

「だから作田さんだよ。何か気になるの」

「いや、別に」

まるでそんな女気になってませんよ、というぎこちなさで返したが、目を見て話さなかったのが悪かったのか嘘がバレバレで、食事の間も柊は俺を疑惑の目で見ていた。


「じゃあ、曲名はＣＯＳＭＯＳ（コスモス）とマイバラードで決定します」

クラス委員長の柊が、教卓に立ち進行している。

俺たちの高校は、四月末の土曜日に合唱祭が行われる。クラスごとに二曲発表する事になっていて、これは新入生の為の行事だった。学校に慣れる為とクラスメイトと協力する為。だから二年生と三年生は殆ど惰性の付き合いで参加していた。

今年も適当に参加しようとあくびをかみ殺していると、担任教師の「誰か作田の家に合唱祭のプリント持って行ってくれないか？」の声に、俺はものの一秒で「行きます！」と手を挙げていた。

作田夏雪の家は、湖の南西側にあった。南東側の俺の家からは自転車だと十分で着く距離。学校からだと三十分はかかる距離だ。

近くまで来たところで、自転車から降り、住所の書いてあるメモを片手に探し始める。

通りを一本入ったところで、目的の作田家を見つけた。二階建ての洋風の家。真っ白の壁にモスグリーンの屋根。入り口にはちょっとした白い門があり、煉瓦(れんが)のスロープの先に白い扉の玄関があった。見る限り一般的な家という感じだ。

門から家を覗き込むと、一階のサンルームにピアノを見つけた。今は弾いていないのか分からないが、赤いベロアのカバーが全体を覆っている。

だけど、なんだか殺風景だな。

人が住んでいるのだろうけど、玄関にはもの一つ置いていないし、例えば自転車とかホースとか傘とかそういうものが一切置かれていなかった。サンルームにも放置してあるピアノ以外に何もない。まるで人の気配がないのだ。

白い門の横にあるチャイムを押す。すぐにインターホンから「はい」と声が聞こえた。

声からして作田夏雪の母親だろう。

「あの、俺……いや、僕、夏雪さんと同じクラスの西岡です。先生から頼まれてプリント届けに来たんですけど」

『それはわざわざありがとうございます。今、手が離せませんのでポストに入れておいてもらえますか？』

唐突にカチャンと音が途切れ、俺の声は宙に浮いたままになった。

「え？　あ、でも」

「なんだよ」

フンと鼻息を飛ばすと、門の横にあるステンレス製のポストにプリントを押し込んだ。せっかく持ってきたんだから、顔出すとか、うちの娘が迷惑かけてとか、なんかあるだろう。

ぶつぶつと文句を言っていると、ふと視線を感じ、二階を見上げる。姿を確認出来なかったが右端の部屋のカーテンが揺れていた。

翌日、五時限目が終わると、椅子や机を全部後ろに移動させ、教室に空間を作った。アルト、ソプラノ、テノールに分かれ合唱の練習が始まる。
伴奏者は、昔習ってたから練習すれば出来ると思う、そう手を挙げた花谷乃に決まった。
女子たちを率いるのは副委員長の月子の仕事だ。男子はもちろん委員長の柊の仕事になる。（ちなみに柊は、三年生になって予想していた通り生徒会長になった。副会長は月子で、神テンの神々しさは増すばかりだ）
だけど新学期に入って、一日やそこらで人はまとまるもんじゃない。ましてや高校三年生なんか、片足大人に突っ込んでいるもんだからまとまるものもまとまらない。

　男たちがダラダラと練習していると、

「だるいのは分かるよ。でもノルマ終わらせれば解放されるから、さっさとやっちゃおうよ」

　柊の一声で、男たちは今日の分のノルマを終わらせ始めた。こういう時、さすが俺の柊だなと思わずにはいられない。

　一時間の合唱の練習を終えると、いつものようにバイトに向かった。柊も塾に行くというので一緒に自転車に乗って駅に向かっていると、「作田さんなら、塾に来たら会えるよ」そう言ったのだ。

「塾って、お前が行ってる塾か？」

「うん、そう」

「何でそう言わないんだよ、ファミレスの時に」

「学校では見てないって、言ったと思うけど」

　柊は、自分は悪くありません、お前が聞かなかったんだろ、と言いたげにすました顔をしている。

「な、な、な」

　口をパクパクとさせる。初めて柊に意地悪をされ驚いたのだ。風太との釣りの件、まだ完全に機嫌が直ってないようだ。

「和泉さ、伴奏者決める時も作田さんの名前出してたけど、本当にどうしたの？」

実をいうと、合唱の伴奏者を決める時、俺は作田夏雪を推薦していたのだ。昨日家を訪ねた時、サンルームで見かけたピアノが作田のものだと直感が働いたからだ。

だが柊に、ずっと来ていない作田さんに伴奏者を頼むのは難しいと思うと却下され、伴奏者は花谷乃に決まった。

「どうしたのは、そっちだろ。なんだよ、その聞かれなかったから答えませんでしたって言いぐさ、面倒臭いな」

「和泉が本当のこと言わないからだろ」

明らかに怒っている。さっき男子たちをなだめた奴とは思えない程の不機嫌さだ。

作田と会いたがっているのがそんなにいけないのか？

そうか、もしかして、柊ってば……作田に気があるとか？

柊を横目でジッと見る。まだ怒っているのか顔に不機嫌さが混じっている。

学校以外で塾という接点があるならそれも考えられるけど、今まで柊からそんな話聞いた事ない。というか誰か女子を好きだという話を聞いた事がなかった。

その日、バイトを一時間早く切り上げ、柊の塾へとやってきた。ファーストフード店から歩いて五分。雑居ビルの中にある塾は、進学塾として有名で、市内のあらゆる高校の成績上位者が通っている。ここに入校するのにも試験が必要とかで、高一の時、柊も試験を受けていた。

　ビルの入り口は、塾終わりの子供を待つ親たちで溢れていた。柊は自転車で帰るはずだが、作田夏雪はどうやって帰るのだろうか。一目でいいから拝んでおきたかった。あわよくば声を掛けられたらいいのだが。

　二十一時十分になり、ぞろぞろと制服を着ている高校生たちが出てきた。他校の制服を着ている者もいれば、私服の者もいる。これじゃ待っていても作田夏雪が誰か分からない。俺はなんて致命的なミスをしてしまったんだ。

「何してるの？」

「うわ！」

　不審者のようにウロチョロしながら出てくる高校生を眺めていると、突然声を掛けられ、思わず恥ずかしい声を出してしまった。

　振り返ると、夜だというのに爽やかな空気をまとった柊が立っていた。

「何をって、バイトが早く終わったから、柊君を迎えに来たんですよ。お勤めご苦労様です」

「柊……くん、ね。ってか、お勤めって刑務所から出てきた人みたいじゃない？」

「ある意味、刑務所みたいなもんだろ？」

柊は、まったくもうと言いたげにため息をつくと、ビルの入り口を向き、

「作田さんだったら、もうすぐ出てくると思うよ」と指さした。

「そうか！」

「もう、仕方ないな」

今度ははっきりと声に出した。どうやら俺に付き合ってくれるようだ。放課後の不機嫌さは薄らいだようで有難い。

「そういえばさ、作田さん、この間の全国模試一位だったんだよね」

「え！　何だそれ、そんなやつ存在すんの！」

「何言ってんの。順位があるんだから一位の人いるでしょ」

「そうかもしれないけど、周りにいないから都市伝説かと思って、ツチノコとかああいう類のやつと同じかと」

「ねぇ和泉」

「ん？」

「僕もこの間、一位だったんだけど」

えっ……。こいつ何で本当に同じ学校に通ってるんだ？

「あの子だよ」

ん？　とビルの入り口を振り返り見る。

作田夏雪は、百五十センチほどの身長、真っ黒なおかっぱ頭に、赤いフレームの眼鏡をかけていた。上目遣いで歩く姿は小動物を思わせる。それに周りの生徒よりも一回り小さいサイズのせいか、自信なさげな表情のせいか、高校生というより中学生にも見えた。

夏雪は、あたりを見渡すと、ビルの横に停まっている白い車を見つけ、歩き始める。

俺たちは、慌てて夏雪を追いかけ「作田さん！」と声を掛けた。

夏雪の肩がビクッと揺れ、足が止まる。だけど振り返ろうとはしなかった。

「あ、別に怪しいもんじゃなくて、俺、西岡和泉っていうんだ。一ノ瀬柊と同じクラスで作田さんとも同じクラスなんだ」

夏雪はそれでも振り返らなかった。まるで、だから何？　要件を言ってと背中で言われている様に。

「あのさ、今度、学校で合唱祭があって、それでピアノ伴奏してくれないかなって思って」

「ちょっと、和泉、伴奏は」

「いいから、いいから」

柊をなだめ、再び夏雪に声を掛ける。

「曲はＣＯＳＭＯＳとマイバラードなんだ」

夏雪はまだ振り返らない。意外に頑固な奴なのかもしれない。もしくは俺を不審者だと思っているかのどちらかだ。どうか後者ではありませんように。

「作田さん、ピアノ弾く人だよね？」

ピアノという単語と同時に夏雪の肩が再びビクッと揺れ、そして、ゆっくりと振り返った。

遠目で見るよりも、間近で見るその表情は、本当に小動物そのものだ。リスとかハムスターとか、ヒマワリの種を渡せばホイホイついてくるんじゃないかって思う程。

「この間、作田さんの自宅のサンルームに、ピアノが置いてあったの見かけたんだ」

「あっ、あっ」

つぶらな瞳のハムスター夏雪が声を出そうとした時だった。白い車の運転席から、不機嫌な顔をした女性が降りてきた。

「どなたですか？　夏雪に何か御用ですか？」

不機嫌な様子を隠そうとしない女性はどうやら夏雪の母親のようだ。こっちは小動物というよりも、カマキリのような顔をしている。ただ身長が低めなのは同じだ。

「あの、俺、同じクラスの西岡和泉です。昨日自宅にプリント届けた」

「あぁ」

夏雪の母親は、俺の足先から頭のてっぺんまでジロジロと見まわし、何故か俺にではは

なく、横にいる柊に、

「学校の事は、担任の先生と話していますので」そう言って夏雪の手を引っ張り、車に押し込んだ。

急発進する車の助手席に夏雪がいたが、顔を伏せていて感情を読めなかった。

今起きた出来事があまりにも一瞬過ぎて、俺と柊は停まる気配もない車を呆然と見送った。ただ、

「なんなんだ、あの失礼な母親」

「僕も同意する」

と二人で呟いただけだ。

なんだか、作田夏雪を仲間に入れるのは簡単そうじゃないぞ。そんな予感がしていた。

湖の南西側には土産物店やガラス張りの美術館があり、観光地として賑わっている。バスの中は、そんな観光地に向かう人で溢れていて、俺と花谷乃は、一番後ろの席に座っていた。

ホームルーム終わり、花谷乃を「ちょっと付き合ってくれないか？」と誘うと、顔を真っ赤にしながら「ねぇどこに行くの？」としおらしく聞いてきたが、行き先が作田夏雪の家だと聞くと、「なんで、ねぇなんで？　なんでなの？」と空気読まない姫に変身

した。

「男の俺が誘うより、女子が誘った方が何かといいだろ、それにどうやら作田もピアノ弾いてたらしいんだ」

「そうなの？　あ、だから伴奏者に推薦したんだ」

「まぁ、そんなとこ」

「だけど、やっぱり分からない。作田さんと西岡君の接点。何でそんなに合唱に誘うのか。もしかして……」

「何だよ」

　言葉を意味ありげに止めた花谷乃を見る。

「どこかで見かけて、一目ぼれってやつ？」

「ば、ばか！　何だよそれ」

「だって、そうじゃない。今までの経緯を総合的に分析すると」

「分析するなよ」

「だったら何なの？　ねぇねぇねぇねぇったら」

　柊を助ける為に仲間にしたいんだなんて言っても、それこそ何の話って言われるのがオチだしな。

「クラスに不登校の奴がいるなんて気になるだろ」

花谷乃は急に黙った。そして俺をジッと見ると、

「西岡君って博愛主義なの？」と言った。

「何だ、それ」

「もういい」

花谷乃は、投げやりに言うと、窓の外の景色を見始めた。

花谷乃も柊も、作田の事になると、なんだかなんというか、どこか変だ。


作田の自宅は先日来た時のように殺風景だった。とても人が住んでいると思えないぐらい寒々としている。

「本当にここなの？　人が住んでる気配しないよ？　空き家なんじゃないの？」

「そうだよな、そうなんだよ」

家って外観にも住む人の個性が表れるはずなのに、この家は何も見えなかった。

柊の家みたいにガーデニングで森のような家もあれば、俺の家みたいに、祖父の趣味である盆栽で埋め尽くされている家もある。

そういう個性というものがこの家にはまるで無かった。

花谷乃が門から家の中の様子を窺い、俺はポストにプリントを入れようとした時だった。玄関から作田夏雪が出てきたのだ。昨日塾で見た時と同じように自信なさげな表情

はやはりハムスターのようだ。

「作田さん」

ドアの鍵を閉めるハムスター夏雪はビクッとして振り返った。

「家にいたんだ。もう塾に行ったのかと思ったよ。今日もプリント届けに来たんだ」

ポストに入れようとしたプリントを差し出す。

「あっ、あっ」

ハムスター夏雪は戸惑っているのか、右を向いたり左を向いたりと忙しなかった。

「もしかしてこれから塾に行くのか？　じゃあやっぱりポストに入れとくよ」

俺の声に、夏雪は何度も何度も頷いた。そして腕時計を見ると、慌ててスロープを駆け、門を抜け、俺と花谷乃の脇を擦り抜けていく。

「宮城（みやぎ）さん？」

今まで黙っていた花谷乃が突然声を発する。しかも聞いた事ない苗字を。

ん？　という顔をして花谷乃と夏雪を交互に見る。

夏雪は立ち止まっていて、肩から下げている鞄のストラップを強く握りしめていた。

「宮城さんだよね？」

花谷乃はもう一度聞いた事のない苗字を発する。

「ほら、あたしピアノ教室で一緒だった林花谷乃、覚えてる？」

「ち、ち、違います」

夏雪のか細い声が聞こえた。

「え？　でも……」

「違います！」

今度は、か細いどころか、はっきりと主張した声だった。ハムスター夏雪は、振り返りもせず、バス停のある大通りめがけ、走っていった。

取り残される俺と花谷乃はどうしていいか分からず、とりあえず俺はポストにプリントを入れると、「どういう事？」と聞いた。

「多分、間違いないと思うんだけど……」

帰りのバスの中で、花谷乃から夏雪の話を聞いた。

小学生の頃、花谷乃は駅前にあるピアノ教室に通っていたらしい。そこにいた宮城さんという女の子と作田夏雪がそっくりなんだという。

「でも苗字が違うよな？」

「うん。そうなんだよね」

「なぁ林、それって調べられたりする？」

花谷乃は行きのバスの中の様に、ジッと俺を見てきた。

「出来ると思うけど……その代わり、西岡君にお願いがあるんだけど」

「お願い？　何だよ」

「うん……」

花谷乃は何故か口ごもり、そして顔を赤らめた。

あぁなるほど。

「分かった分かった。お前が言いたい事は分かった。だから頼んだぞ」

花谷乃が、え？　分かってるの？　という顔をしているのに対し、俺は当たり前だろ任せろ、というアイコンタクトをした。


「何これ」

「見れば分かるだろ、大盛特製ランチ」

目の前のテーブルには、女子一人では食べきれないほどの揚げ物満載のランチがある。

今日、俺たちの学校は教師たちの特別な集まりがあるとかで半日で終了した。

だから、花谷乃のお願いを叶える為に、常連のファミレスにやってきたのだ。

「だから、何で大盛特製ランチなの」

「林のお願いってこれだろ？　今まで恥ずかしくて頼めなかったんだろ？　俺や風太が食べるの、いつも羨ましそうに見てたもんな」

「なんだ、そうだったのか？　それなら恥ずかしがらず頼めばよかったのに」

「林さんって大食漢なのね」

風太と月子は意外そうに花谷乃を見ている。

花谷乃を連れファミレスに行こうとしたら、他の奴らも何故かついてきて、俺にランチを奢らせようとしたのだ。もちろん、お前らは自腹だからなと念押しは済んでいる。

「あたしが頼みたいのは別の事！」

「そうなのか？　だったらはっきりそう言えよ。なんだよお前のお願いって」

「だからそれは……」

花谷乃はまたまた口ごもった。一体何なんだよ。マジで女子って分かんねぇ。

一部始終を黙って見ていた柊が、

「とにかく、それはまた今度にして、今は作田さんの話聞こうよ」と完璧な進行を始めた。

あれから花谷乃は小学生の頃にお世話になったピアノ教室の先生に連絡をしたらしい。

そこで分かったのは、作田夏雪と花谷乃が知っている宮城さんは同一人物だという事。

夏雪は両親の離婚で中学から作田姓を名乗っているらしい。

そして本当は東京の私立高校を受験したのだが、全て不合格になってしまい、俺たちの高校にやってきたという。

「滑り止めでうちの高校か」と風太が声を漏らすが、話は続く。

「どうやらね、その離婚した旦那を見返したいからってお母さんが勉強させてるみたいよ。それで東大を目指してるんだって」

要するに、作田の母親は、自分の自尊心を守る為に、子供の自尊心を削っているという事だ。父親なんかがいなくても一人で立派に育てられるってところを見せたくて。

次は花谷乃が色んな教師に聞いた話だ。

うちの高校は、公立高校なので出席日数など厳しいのが普通だが、夏雪だけは特別扱いされているらしい。なぜなら全国模試で一位を取るほどの成績で、もしこのまま大学受験で東大に入ろうものなら、うちの学校の名誉にもなるからだそうだ。

「おいおい、いいのかそれで」と風太と俺が突っ込みをいれたのは言わずもがなだ。

というか、その申し入れをしてきたのは、夏雪の母親だったそうだ。

出席日数を甘く見て欲しい。その代わり、学校内の試験や全国模試で毎回五位以内に入ってみせる、と。

「おいおい、そんなこと出来るのか」と風太と俺が突っ込みをいれたのは言わずもがなだ。

だけど、夏雪はそれをやってのけてる。だから凄いとしか言いようがない。

「それでいいのかしら」

黙って聞いていた月子がふっと言葉を漏らす。

「僕もそう思うよ」

同じく黙って聞いていた柊も月子に続く。

「何が？」

「学校生活ってそれだけじゃないだろって意味」

「それは、まぁ……確かにな」

月子や柊の言う通りだ。俺や風太がそう思うのは当たり前だけど、神テンが言うのだから重みのある言葉だ。

でも、もしかしたら夏雪自身、気付いているのかもしれない。先日塾の前で何かを言おうとした夏雪の表情を見て、そう感じずにはいられなかった。


「今日も行ってきたのよ。お母さんのところ」

夕飯を食べながら、祖父に釣りの穴場を聞いていると、祖母が会話に混ざってきた。

祖父母の家は平屋づくりの昔ながらの一軒家で、殆どが和室の部屋だ。リビングという概念もなく、キッチンの横にある八畳の和室でいつも食事をしている。その八畳間と連なって十畳ほどの和室があり、そこが祖父母の部屋になっている。目の前には小さな庭があり、廊下には縁側がついている。そして廊下の一番端にあるのが俺の部屋だった。仏間なので、先祖の写真や遺影があるが、俺はあんまりそういうのを気にしない。お化けは怖くても先祖は怖くないという矛盾は置いておく。

「そうなんだ」

冷たい返答になってしまったが、そう答えるしかないので仕方ない。

「そうなんだって、和泉に会いたがってるのよ。バイトが休みの日、行ってあげたらどうなの？」

「うん。分かってる。今度行くよ」

母さんは、この家から車で一時間の病院に入院している。心臓が悪く、父さんを亡くしてから働きづめだったせいで体を壊し、俺が中学一年の頃から入院し、五年ほど経過していた。

俺は、その間、一、二度しか見舞いに行ってなかった。祖父母に行こうと誘われても、断っていた。

以前行ったのは、高校に合格した時だ。祖父母に促され、病室にやってくると、大部屋の窓際に母さんはいた。

細い腕には点滴がついていて、顔は青白く、母さんだとは分からないほど痩せこけていた。

「ほら、和泉、これ食べて」

母さんは、お裾分けしてもらった見舞い品のお菓子を俺に渡したが、俺は「いらない」とその手を振り払った。

あっと小さく漏れる母さんの声。俺を見る顔。寂しげな母さんを残し、俺は後ろめたさを感じながらも病室を出た。

俺はずっと母さんを恨んでいた。何でこんな寂しい人生を歩まないといけないんだって。何でバイトばかりで苦労しないといけないんだって。何で俺ばっかり。何で。何でって。それで、俺は病院を、母さんを、遠ざけていたのだ。

その日の午前二時。久しぶりにオヤジに電話した。

作田夏雪の報告をしたかったのだ。まだ仲間にすらなっていないし、きちんと話してもいないけれど、作田の母親にガードされている限りチャンスが少ない為、オヤジの時はどうだったのか聞きたかったからだ。

午前二時ちょうどに電話をかけると、寝ぼけた声が聞こえてきた。

『もしもし？』

「もしかして寝てた？」

『あ、いや大丈夫だ。今そっちはいつだ？』

電話の時の約束ごとの一つは、まず月日を聞く事だ。オヤジは電話をすれば七月七日に戻るが、俺は常に日にちが進んでいるからだ。

「今、こっちは四月十日」

『そうか。どうだ、作田は学校に来るようになったか？』

「あ、やっぱりそっちでも作田来てなかったんだ？」

俺は、まず仲間と言われた四人と、この四月でクラスが一緒になった事。夏雪の母親が問題である事。夏雪が学校に来ていない事。それらを花谷乃が調べてくれた事を手短に話した。

『不登校か……』

「もしかして、そっちは違ったのか？」

『そうだな。俺の時は、作田は高校三年の時に親の都合で転校してきたんだ。離婚っていうのは同じだし、ピアノを習っていたのは同じだけど』

「あんたの時は合唱祭で仲良くなったんじゃねぇの？」

『あぁそれは同じだ。でも、結局作田は来るのが間に合わなくて、最後の方を客席で見ていただけだったんだ』

「そっか……」

それだったら、オヤジに話を聞いても無駄なのか。

『おい、もう少しで切れるぞ』

そう言われ、思わず、あっと声が出た。

『どうした？　まだ何かあるのか？』

実は、もう一つ聞きたい事があった。本当は、これを一番に聞きたかったのかもしれない。

「母さんは……そっちで母さんはどうしてる？」

オヤジの喉の鳴る音が聞こえた。ゴクリというよりも、苦しそうなきゅっという音。聞くな、そう言われている気がした。

『それは……』

再び、オヤジの喉の音が鳴る。何で躊躇っているんだ。それほど、決意をしなければいけないほどなのか。

電話の向こうが十二年後だと言うならば、電話の向こうの母さんは、五十四歳だ。母さんは退院し、元気で暮らしているのだろうか。

「もしかして……」

『母さんの話は止めよう』

俺の声を遮ったオヤジの声が震えている。毎回聞いていた声だから分かる。俺の声だから分かる。母さんの事を話したくないのだ。

「どうして？　柊とは直接関係ないだろ？」

『関係ないから余計に、それが何かに影響するかもしれないだろ』

「だけど！」

話し続けようとした瞬間だった。プチンと電話が切れた。慌てて携帯電話の画面を見ると、時計は午前二時八分を指していた。


合唱の練習を始めて、既に一週間経過していた。合唱祭には生徒だけではなく保護者も来るので二十五日の土曜日に開催される。

あと、十日しかない。それまでに夏雪を参加させる方法を考えないといけない。

この合唱祭を逃してしまうと、夏雪と仲良くなるきっかけが見つからない気がしていたのだ。

「なぁ、これ見せるのはどうだ？」

放課後、パートに分かれて練習している中、担任がいないのをいい事に、俺はハムスター奪還大作戦について考えていた。すると風太が携帯電話を見せてきたのだ。

「これって？」

「動画だよ、さっき、皆が歌ってるところを撮ったんだ」

携帯電話にはクラス全員で歌っている風景が映っている。

「へぇ、で、誰に見せるんだ？」

「だから、この間言ってた作田さんにだよ。こういうの見せたら、自分も仲間になりたいって思うんじゃないかな？　そしたら学校に来るだろ？　和泉はクラス全員で合唱祭やりたいんだろ？」

「風太……お前って奴は、図体でかいだけじゃないんだな！」

「なんか、納得いかない言い方だけど」

風太からメールで動画を送ってもらい、自分の携帯電話にダウンロードする。そして合唱の練習が終わると、塾のあるビルへとやってきた。

まるで探偵のようにビルを見張る。

塾終わりより、塾にやってくる夏雪を待ち伏せする方がいい事に気付いたのだ。そうすれば、母親に邪魔されないからだ。

「まだ、来ない？」

一人で行くと言ったのに、風太も、そして何故か柊も、このハムスター奪還大作戦に参加した。ちなみに奪還とは夏雪の母親からの奪還を意味する。

「時間通りなら、もうすぐ来るはずだよ」

柊が予想した通り夏雪はやってきた。しかも一人だ。自信なさげに歩き、前をちゃんと見ていないせいで歩行者にぶつかり、その度に謝っている。

「あ、あの子？」

風太は何故か声を震わせ、夏雪を見つめている。

夏雪がビルの入り口を跨いだ瞬間、俺は猛ダッシュし夏雪の目の前に立った。

何事かと夏雪は驚いていたが、やってきたのが俺と分かると、あ、と声を出した。

「ちょっと話があるんだ、いいかな」

外を指差すと、夏雪は静かに頷いた。

ビルの裏にちょっとした公園がある。そこのベンチで俺は夏雪に合唱の動画を見せた。柊や風太は離れたところで俺たちを見守っている。人数が多いとハムスターが驚くからだ。

動画を見る夏雪は、普段の自信なさげな表情とは違って心躍るようだった。

「もしよかったら、明日、学校来ないか？　五時限目が終わってから合唱の練習やるんだ。ピアノ弾いてくれてもいいし、アルトとかソプラノとかで参加してもいいし、もしあれだったら見学でもいいし」

「あ……私、ピアノは止めたから」

初めてちゃんとした声を聞いた。か細くて今にも消えそうな声だ。だけど、言葉とは違って表情はまだ躍っている。

「携帯貸して」

え？　という顔をする夏雪。手にある携帯電話を奪うように取ると、連絡先を赤外線で交換した。まるでナンパ男のような手口だけど、もう強行手段だ。すまん。

「合唱の動画、メールするから、家で考えてみてよ」

ベンチから立ち上がると直ぐに夏雪に動画のメールをした。そして、柊や風太に声を掛け、公園を後にした。

これは賭けだった。

動画を見た時の夏雪の表情を信じたかった。本当は学校に通いたいって思っているんだって。ピアノを弾きたいと思っているんだって。

翌日。俺は昼からソワソワが止まらなかった。

柊には、「落ち着きなよ」と言われ、風太には「来るときは来る、それが青春」と訳の分からない事を言われた。

月子や花谷乃には朝一番に説明していた。やっぱり男の俺がサポートするより、女子がいいだろうと思ったからだ。

月子はこういうの苦手そうだけど、「分かったわ」と言ってくれた。さすが副委員長兼副会長だ。

花谷乃はまた作田さんの話かという目をしつつも「分かった」と言ってくれた。だからその日は何なんだよ。

結局、賭けは俺の勝ちだった。

五時限目が終わった瞬間、携帯が鳴った。

『今、学校の玄関にいます』

夏雪からのメールだった。

放課後の一時間、塾に行く前に夏雪は学校に立ち寄る事になった。しかもピアノの伴奏者として。

今から二曲を演奏するのは難しいので、花谷乃はマイバラードを、夏雪がＣＯＳＭＯＳを弾く事になった。

仲間以外のクラスメイトたちも一様に驚いていた。まるでツチノコ、いや雪女、いやネス湖のネッシー、ビッグフット、河童、人面犬を見た時のような驚きようだ。

しかも夏雪の奏でたＣＯＳＭＯＳは、花谷乃が演奏するものと違い、不思議な響きだった。

柔らかくてフワフワと空間に浮いてるような感覚、そんな響きだった。

「何よ、あたしだって頑張ったのに」

花谷乃はいじけていたが、そこは生徒会長兼委員長の柊が、

「どっちも素晴らしい演奏だよね、僕にはとても出来ない」とフォローを入れ、難を逃れた。

そんなこんなで、夏雪は何の違和感もなく、すっとクラスの一員になった。

本人も楽しそうに笑っていて、初めて会った時の自信なさげな表情はどこにもみられなかった。それに、何故か、風太が常に夏雪のそばにいて、かいがいしく世話をしてい

たから、俺の出番はなくなった。

夏雪がやってくるようになって一週間、明日はいよいよ合唱祭という日。放課後いつものように練習をしようとしたのだが、その日に限って夏雪がやってこなかった。

何度もメールを送っているのだが、夏雪からの返信はない。

ずっと面倒を見て、送り迎えをしていた風太に、「何か知ってるか？」と聞いたが
「昨日までは普通だったよ」と首を傾げていた。

何だか無性に不安になり、柊を見ると、柊は分かってると言いたげに頷いた。

「吉野さん、悪いけど今日ここ頼んでいいかな、一時間したら戻ってくるから」

柊は月子にクラスを頼むと、「行こう」そう言って俺と共に教室を出た。

俺と柊が向かったのは、塾のあるビルだった。

授業は既に始まっていた。柊は今日だけ欠席になっていて、夏雪も同じだった。

授業中の教室をのぞくと、部屋いっぱいに生徒たちが並んで座っていた。各々一生懸命講師が話すことをノートにとっている。

「あそこ」

柊が指差す方を見ると、夏雪が前方の席に座っていた。

「塾には来てたんだな」

何事もなかったという安堵感と、どうして？　という不満が俺の胸に渦巻いた。

数分後、休憩時間になったのを確認すると、教室に入り、夏雪の目の前に立った。

夏雪は俺に気付くと驚き、以前のような自信なさげな表情に戻っていた。

「何でだよ、何で来なかったんだ？　来なかったとしてもメールの返信ぐらい出来るだろ」

周りに残っている生徒が何事かと俺と夏雪を見ている。

俺は、夏雪の手を取ると、廊下に出て隅の階段の踊り場まで引っ張っていった。

「なぁ、何でだよ」

夏雪は、唇を噛みしめて何か言いたそうな顔をしているのに、言葉を発しなかった。

「もしかして、母親に何か言われたのか？」

事故とかじゃなかったら、思い当たるのは母親しかなかった。

「ごめんなさい」

夏雪は、くぅくぅとうめき声と共に声を漏らす。

やはりそうだったんだ。

あの母親が学校に行く事、ましてや勉強に関係のない合唱をやる事を認める訳がない。

どうやら、ハムスター奪還大作戦は失敗の様だ。

だけどイライラした。自分の人生なのに、親の言いなりになって、ましてや離婚した旦那を見返したいからって、そんな理由。

「そんなんでいいのかよ！　好きな事も出来ず、母親の顔色ばっかり窺って。ピアノが好きなんだろ？　だったらやればいいだろ！　大体、何でお前が母親の人生請け負わないといけないんだよ！　お前の人生はお前のもんだろ！」

夏雪は泣いていた。もううめき声も出さず、ただ悔しくて仕方ないって顔で泣いていた。

「和泉、時間」

俺たちの様子を見守っていた柊が声を掛ける。

「作田さんも、教室戻って、講義始まるから」

夏雪は流れる涙を拭きもせず、教室へ戻っていく。

俺はそんな夏雪の背中に、

「明日、待ってるからな。お前が来るの、待ってるからな！」と言葉をぶつけた。

一瞬立ち止まるも、夏雪はそのまま教室へと戻っていった。

その後、俺たちは高校に戻る為、駅前からバスに乗った。

俺が夏雪にこだわっていたのは、柊を助ける為だった。だけど、それとは別の意味があるとその時気付いた。

母親の人生のせいで、夏雪の人生が振り回されてしまうのが許せなくて、そして俺はそんな夏雪と自分を重ねてみていたんだ。

合唱祭は、一年生から順番に一クラス二曲ずつ歌う事になっている。最後は教師だけの合唱もあって意外に盛り上がる行事だ。

体育館の前方に舞台があり、その目の前に生徒たちの席、すぐ後ろには父兄の席、生徒たちの横には教師の席も設けてある。

夏雪は一年生の合唱が終わっても来なかった。十分の休憩の後、二年生の出番になり、教師の目を盗んで、俺は体育館を抜けて玄関に足を向けた。

遅れてくる父兄を何人か見かけるぐらいで、玄関に生徒はいなかった。

もし、このまま夏雪が来なかったら、どうなるんだろう。仲間には出来ないのだろうか？　それとも、合唱祭ではなく、もっと別の機会が訪れるのだろうか？

仲間は、一人欠けても大丈夫なのだろうか？

柊は、生徒会長の仕事が忙しいのか、クラスを月子に任せ、殆ど自席にいなかった。体育館のどこにも見かけなかったから、よそで仕事をしているのかもしれない。

「来ないわね」

突然、低い声が聞こえて振り返ると、月子が立っていた。

「あぁ、ってかクラスの皆、見てなくて大丈夫なのか？」

「子供じゃないんだし。こっちが気になって」

どうやら月子も夏雪が心配で見に来たらしい。気にかけて欲しいと言った事を守っているのだろう。柊と同じ様にあまり感情が見えないけれど、義理堅いのは柊も月子も同じだ。

「赤ちゃんにどんなに泣くなって言っても無駄でしょ」

ん？　何だ？　何で今、赤ん坊の話が出てくるんだ？

あまりに突飛な話過ぎてよく分からなかった。

「だから仕方ないのよ」

月子は真剣な顔をしている。よく分からない、よく分からないけど、それって、

「もしかして……俺を慰めてくれてる？」

「ごめんなさい、忘れて」

月子は恥ずかしくなったのか、俺から顔を背け、玄関の外を見始めた。

何だかおかしくなって、ふふっと声を漏らす。

夏雪が来ないのは俺のせいじゃない。赤ちゃんに泣くなと言っても無駄なように、努

力しても無駄な事は無駄なんだと、月子らしく慰めたつもりなのだろう。

「コスモスって、お花の事なのかと思ったけど、宇宙の事なのよね」

ＣＯＳＭＯＳは、俺たちが歌う合唱曲だ。夏雪が弾く曲でもある。

「何千年と生き続ける星にも寿命があって、いつかは消えていく。それは星も人間も一緒だって意味で作られた曲なんですって」

「うん」

「もしかして、知ってた？」

「歌詞が気になって、ちょっと調べたんだ」

「そうなの、私も」

あまりにも静かな場所で月子の低音の声を聞いているせいか、まるでここが宇宙の様に思える。不思議な感覚で、だからといって居心地が悪いという訳でもない。

「そろそろ二年生が終わる時間ね」

「もう、来ないかもしれないな」

「二組の順番は最後に変えてもらったから、もう少しは大丈夫だと思うけど」

「え？　いつの間に、そんな事」

「うちの委員長兼生徒会長は、そんな事も計算済のようよ」

柊が席にいなかったのは、教師を説得していたかららしい。どこまでも抜かりない柊に頭が下がる。

その後、俺らは体育館へ戻り、夏雪が来るのを待った。

だけど、三年八組が終わっても、九組が終わっても、夏雪は現れなかった。

十組が舞台に立ち、いよいよ二組が舞台袖で待っていると、花谷乃が「COSMOSもあたしが弾くのでいいの？」と聞いてきた。

夏雪が来ない以上、そうするしかなかった。意見を聞こうにも柊の姿はないし、風太は手のひらに人の字を書いているし、月子は携帯電話でしきりにメールを打っていた。

十組の出番が終わり、二組を紹介するアナウンスが響く。拍手と共に俺たちは舞台に立った。

一曲目はマイバラード。合唱曲では定番中の定番。

仲間がいれば、どんな小さな事も大丈夫という意味の歌詞だ。

ふと、保護者席を見ると、祖父母の顔を見つけた。来るなって言ったのに。なんだか急に恥ずかしくなって声が裏返ってしまった。

そして何事もなく最後の小節を終えようとした時だった。舞台袖に、柊と、そして夏雪の姿を見つけたのだ。

驚いて声が止まるが、柊の続けて続けてというジャスチャーで慌てて歌い続ける。

気付いたのは俺だけじゃなく、花谷乃もピアノを弾き続けながらもチラチラと夏雪を見ていて、月子はOKと手で柊に合図していた。どうやら月子がメールを送っていたのは、柊だった様だ。

マイバラードが終わると、花谷乃は椅子から立ち上がり、舞台袖に消えた。

二組の皆は、え？　と顔を互いに見合わせていたが、夏雪が現れると、お！　という顔になり、「待ってたんだよ」とコソコソと夏雪に声を掛けた。

夏雪は俺の顔を見ると、泣きそうな顔になって、頭を下げた。

なんだよ、頭なんて下げる必要なんかないのに。だけど、そんな夏雪の気持ちが嬉しかったし、それ以上に来てくれた事が俺の胸を突いた。

「お前、もしかして泣いてる？」

横にいる風太にバレそうになったが、風太も風太で顔がにやけて嬉しそうだ。

夏雪が弾くＣＯＳＭＯＳは、やはり花谷乃が弾くのとも、教材で聞くものとも違う響きだった。

ＣＯＳＭＯＳの歌詞に、

『時の流れに生まれたものなら、
ひとり残らず幸せになれるはず。
みんな生命(いのち)を燃やすんだ』

という小節がある。

この歌をうたう度に、自分に、この部分を言い聞かせていた。だから、本番で夏雪にも弾いて欲しかったし、聴いて欲しかった。

俺の人生は俺の人生だ。夏雪の人生だって夏雪の人生に違いない。

そしてどんな場所で生まれた俺たちにだって、幸せになる資格があってもいいはずだ。

歌う度に、そう思っていたんだ。


翌日の早朝。俺は柊と二人で釣りに来ていた。この事を聞いたら、今度は風太が文句を言いそうだけど、柊の機嫌は直ったようで釣りを楽しんでいるのが分かった。普段のスマイル無表情とは違い、本当に機嫌がいい時は、右側の頬に小さくエクボが出来るのを俺は知っている。

祖父から聞いていた穴場スポットは確かに豊漁だった。湖の南側にある車が通れない堤防なのだが、ワカサギがわんさかとれると祖父は豪語していたのだ。冬の魚の様に思われがちのワカサギだが、ここら辺では年中とれる。

今いる穴場から夏雪の家までは目と鼻の先だ。後でお裾分けを持っていけば喜ぶかもしれない。

昨日の合唱祭が終わった後、クラスメイトに囲まれる夏雪に声を掛けた。

夏雪は、また「ありがとう」と俺に頭を下げた。

「止めろよ。俺、何もしてないし」

「そんな事ない。西岡君が私を誘ってくれたから、諦めずに誘ってくれたから来れたの。それに、私、お母さんときちんと話そうって思うの。お母さんとお父さんが離婚してから、私の気持ち全然話してなかったって思って。ピアノももう一度やりたいって言おうと思う。だから、ありがとう」

笑顔で話す夏雪は、まだ小動物に見えるけど、小さい動物の方が誰よりも逞しいって事に、俺はその時ようやく気付いたのだ。

「なぁ」

機嫌よく釣りをする柊に声を掛ける。

「ん？」

「俺さ、母さんに会いに行こうと思うんだ」

昨日、ピアノを弾いている夏雪を見た時に決意した事だ。

多分、今頃、夏雪も母親にきちんと自分の気持ちを話しているだろう。

「いつでもいいよ」

柊は、俺を見ず、湖にプカプカと浮かぶ黄色の浮きを見たまま答えた。

「悪いな」

母さんと会うのは勇気がいる。考えるだけできゅっと胸が締め付けられる。だけど隣に柊がいてくれるから、きっと俺は大丈夫だ。

7

唸り声をあげ、目を開けると、窓の外から雨の降る音が聞こえた。枕の横にあるスマホを手にする。

スマホのカレンダーには、七月七日の表示がされていた。

六回目の七月七日は、五回目の七月七日と変わりなかった。

柊の部屋で起き、リビングに行くと、風太が座布団を仏間に持っていき、今度はその仏間から夏雪が果物籠を持ってやってきた。

十三時に住職が来るので、風太と夏雪と三人で柊の母親が用意してくれたカッパ巻きと蕎麦(そば)を食べた。

夏雪は、相変わらず小動物を思わせる愛くるしい表情に赤いフレームの眼鏡をかけている。真っ黒のおかっぱ頭は健在で、ハムスターのようなつぶらな瞳でこっちを見ていた。

「小児科で看護師やってるんだぞ。子供たちにピアノ聴かせてるんだってさ」

どうやら風太と夏雪は今も連絡を取り合っているようだ。

「私がずっと学校に通ってなかったの覚えてる？　だけど、合唱祭があって参加した事でお母さんと話して、ピアノも再開して、学校にも通う事になって」

俺の記憶では夏雪は転校生だった。合唱祭にも参加出来なくて、最後の方で顔を出した程度だった。だが、過去が変わったのだろう。

「合唱祭の日、一ノ瀬君が私の家まで迎えに来てくれたのよ」

「え……柊が？」

「うん。それで、お母さんと話してくれて。不思議だよね、お母さんも一ノ瀬君と話したら張りつめていた糸が切れたみたいで、あの合唱祭の時も実は陰から見てたんだって。なんていうか、一ノ瀬君ってそういうところあったじゃない。皆の怒りを収めるっていうか、話すだけでヒーリング効果があるっていうか」

これは、過去が変化した為に起きた現象なのだろうか？　だけど確かに合唱祭の日、柊は殆ど体育館にいなかった。あれは生徒会の仕事で外しているだけかと思ったが。

もしかしたら、他のやつらにも、柊との間に俺の知らない何かがあるのだろうか。

その日の夜。今までと同様に風太と柊の父親と酒を飲むと、午前二時前には柊の部屋に戻った。そして電話をする準備をした。

今日は俺から電話するつもりだった。

午前二時ちょうどになり、柊の携帯電話で俺の番号を押す。数回のコールの後、『もしもし』と不機嫌な声が聞こえてきた。

「寝てたか？」

『いや、大丈夫、勉強中』

「珍しいな。今、何月何日だ？」

お約束の質問をすると、『四月二十七日』の返事がきた。

「合唱祭、上手くいったんだな。こっちで作田に聞いたんだ」

『そっか、作田も合流したんだ。お母さんと話したって？』

「うん。分かってくれたって。もう少ししたら学校通い始めると思う」

俺は、夏雪が話してくれた、柊が合唱の日に迎えに行った事や夏雪の母親を説得してくれた事を伝える。

『合唱祭の日にいなかったのって、そういう事だったのか。あいつ言っていけばいいのに』

だけど、俺も十七歳の俺も、柊が大事な事は何も言わず、自分で解決する男だと分かってたから、それ以上何も言わなかった。

「あのな、それで母さんの事なんだけど」

上手く息が出来ず、喉がぐぅっと鳴った。

今日、電話した理由の一つは母さんの事だった。昨日話せなかった母さんの話をする為だった。

『いや、いい聞きたくない』

だけど、十七歳の俺はそれを拒否した。

「でも、聞きたかったんじゃないのか？」

『もういいんだ。今度の連休に、母さんに会いに行くから』

この間の電話では話せなかったが、今俺がいる世界で母さんは既に亡くなっている。

俺はあの頃ずっと母さんを恨んでいた。何で俺がこんな寂しい人生を歩まないといけないんだって、何でバイトばっかかで苦労しないといけないんだって。

ずっとその事を母さんのせいにして恨んでいた。だから入院している病院には寄り付かなかった。

でも、母さんが亡くなった日、その事を心底悔やんだ。祖母から行くようにと、母さんの具合が悪いから行くようにと何度も言われていたのに、俺は自らの意思でそれをしなかったからだ。

だけど、そうか、電話の向こうの俺はそういう判断をしたのか。

『柊も付き合ってくれるって約束してくれたし』

柊の名前を聞き、我に返る。

あともう少しで電話の向こうは七月七日になる。それまでに、柊の事故の原因や話したかった事を突き止めなければいけない。そして柊を救わないといけない。

「柊の周りで何か変化はないか？　何かが起きてるとか」

『それがそんな気配全くないんだ……なぁ、本当に柊は死んじゃうのか？』

「今更、何言ってんだ」

『だって、何の変化もないから実感がわかないっていうか』

どこか他人事で十七歳の俺に焦りがないのが怖い。柊がいない世界を経験している俺だけが焦っているのだ。

「俺だって七月七日まではそう思っていたさ。頼むから目を離さないでくれ、頼みの綱はお前だけなんだから」

『……分かったよ』

携帯電話の時間を確認する。もうすぐ電話が切れる。目を覚ました明日の七月七日には、きっとまた仲間が一人増えているだろう。

8

オヤジとの電話を終えた翌日、教室に行くと、席の斜め前に人だかりが出来ていた。人だかりの中心にはハムスター夏雪がいて、クラスの皆から質問攻めにあっていた。

「作田さんって、神テンなんだよね？」

「自宅で勉強して神テンってすごくない！」

「全国模試で一位にもなったんでしょ？」

「ピアノも上手いし！」

どうやらハムスター夏雪は、いつの間にかクラスの人気者になったらしい。

「はいはい、質問は一人一個。握手はなしでお願いしますよ」

風太がアイドルのマネージャーの如く、その場を仕切り始める。

「ほら、触らないで！　握手はなしって言ってるだろ！」

夏雪に群がる男どもを制す。

「麻生！　二年が呼んでるぞ！」

廊下から呼ぶ声が聞こえ、

「二年？　お前、嘘ついてんじゃねぇだろうな！」と風太は疑いの眼差しを向けた。

「嘘じゃねぇって」

「ったくよ」

風太は、「いいかお前ら、それ以上近づくなよ」と夏雪の周りにいる男どもに釘をさすと廊下に出た。

そんな様子を窓際から見ていると、横にいた柊が「いいの？」と突然言った。

「何が？」

「作田さん、気になってたんじゃないの？」

「は？　俺が？　それはお前だろ？」

互いに、ん？　という顔をした後、あれ？　違うんだ、という顔をする。

柊は俺が夏雪を好きになったから何かと構っていたのだと思ったらしい。だから柊も手助けをした。そして俺はそんな柊を見て、夏雪を好きになったんだと勘違いした。

「でもだったら何で作田さんの事、あんなに構ってたの？」

「まぁ、もういいじゃん。全部勘違いなんだからさ」

余計な事は言うまいと口を閉ざすと、柊は納得いかないないなという顔をしていたが、

「ひとつは、勘違いじゃないと思うけどね」と呟いた。

「ん？　何？　ひとつ？」

よく聞こえなくて聞き返した時だった。花谷乃が「西岡君、ちょっといいかな」と声を掛けてきたのだ。

「ん？　何？」

花谷乃は、いいかな？　と言った割に、それ以上の言葉を続けようとせず、俺と柊の前をうろちょろと行ったり来たりしている。

「どうした？　話あるならさっさと言えよ」

「あ、うん……この間の……」

花谷乃は、先日の様に顔を真っ赤にさせ、ふわふわの茶色の髪をいじっている。

何だかよく分からなくて、柊に助けを求めるように顔を向けるが、柊は、僕は関係ないよのスマイルで返してきて助言をくれない。

「あ、そうだ。林さ、ピアノ弾いてるのか?」

何となく気になって俺は花谷乃に聞いた。

「え? あぁ……弾いてない」

「何でだよ勿体ない。あれぐらい弾けるんだったら続けてたら良い事あるだろ」

「……そうかな」

「あるある、絶対ある」

花谷乃のピアノは夏雪と違ってポップな演奏だが、またそれも癖になる演奏だった。

俺だけじゃなく、クラスの皆だってそれを認めていた。

花谷乃は、「そうかな、そうだよね」と呟き「うん。分かった!」と返事をした。

分かりやすくウキウキしながら自席に戻っていったが、結局花谷乃の話がなんだったのか分からないままだった。

「……何だったんだ」よく分からんな、という顔をしていると、柊が、

「分からないの?」と聞いてきた。

「何が?」

柊は、深い深いため息をつくと、何も説明せず自席に戻り、俺はそんな柊を唖然として見送った。

何だよ今のは！　と鼻息をフンと飛ばすと、廊下から戻ってきた風太と目が合った。

だけど風太は思いっきり俺を無視し、自席に座った。

　ったく、どいつもこいつも！　もう一度鼻息を飛ばすと、俺も席に戻った。

　その日のバイトは忙しかった。

　ファーストフード店が忙しいのは、何かの行事が近所であったか、家族連れが多い休日の場合だ。今回はどうやら前者の様で、店内は人で溢れていた。店が落ち着いたのは、バイトがもうすぐ終わるという三十分前だった。

　キッチンから店内の入り口を見る。この時間になっても柊が姿を現さないという事は、真っ直ぐ家に帰ったらしい。

　意味わかんないこと言ったから、後悔でもしてるんだろう。

　ふと思い立ち、ポケットから携帯電話を出すと、カレンダーの画面を開き、七月七日を見た。カレンダーには、十三時と雨のマークが入力されている。

　オヤジが言っていた、柊が話したい事とは何なのだろう。

　これから起きる何かで、俺に話が出来たのだろうか。

もう既に起きている何かを柊は俺に隠しているのだろうか。

それとも、今日の意味わかんない事と何か関係あるのだろうか。

確かに柊は、自分の悩みを人に話すような性格ではない。夏雪の母を説得したというのも俺に話してから行けばいいものを、あいつは一人で行き、一人で説得した。

柊に聞けば、説得出来なかったらカッコ悪いからとか言いそうだが、多分、夏雪を思って一人で行ったのだ。本音を語れる様にって。

俺が夏雪を好きかもしれないから手助けしたっていうのも多分嘘だ。半分は本当かもしれないけれど、半分はクラスメイトを助けたかったというのが本音だろう。

柊という奴は、そういう奴だ。

どうしたら柊は話してくれるだろうか、とため息をつくと、カレンダーを何度も何度もスワイプし、十二年後の七月七日のカレンダーを開いた。

この日に、柊の十三回忌が行われる。そして午前二時に俺とオヤジが繋がるのだ。

二〇二一年七月七日に、十三時と雨のマークを入力し、音や画像が出るようにセットする。

もっと柊を観察しないといけない。オヤジの言う通り、この事を知っているのは俺だけなんだから。

「花谷乃ちゃ〜ん、私、ナゲットも欲しいかも」

突然キンキンした女子の声が聞こえ、携帯電話から店内に目を向けると、レジに並んでいるのは、空気読まない姫こと花谷乃だった。

花谷乃は俺がここで働いているのを知らない様だ。一緒にいる三人の女子は別のクラスの奴らで、多分、花谷乃が二年生の時に一緒だった女子たちだろう。

「花谷乃ちゃん、私はシェイクがいいな」

「私はアップルパイ」

女子たちは、注文を花谷乃に任せると、「後はお願いね」とニヤついた顔をしながら二階に上って行った。

店員が花谷乃に問いかける。

「以上でよろしいですか？　お会計はご一緒でよろしいでしょうか？」

「は、はい」

花谷乃は自分の財布から女子たちの分の商品代金を支払った。

「お時間いただく物がありますので、座席までお持ちいたしますが」

「あ、いえ、ここで待ってます」

「かしこまりました」

店員は数字のついたタグを花谷乃に渡し、次の客の接客を始めた。

注文が入り、俺は黙々と花谷乃たちの商品を作った。数分で出来上がり、ホール係が受け取ろうとするのを制し、一人待っている花谷乃の前に持っていった。

顔を伏せていた花谷乃は、気配に気付き、顔を上げるのだが、店員が俺だと分かると、

「何で、ここに……」

いつものキンキンとした声ではなく、か細い声を発した。

「バイト」

「そ、そうなんだ、あたしは友達と」

「どうでもいい」

「えっ……」

トレイに乗った商品を花谷乃に押し付けると、キッチンへと戻る。

俺は、ムカついていた。花谷乃にムカついていた。あいつの何にムカついているのか分からないけど、ムカついていた。そして、その理由が分かったのは、翌日だった。


「ここのおすすめは、ランチなんだぜ」

風太は初めてファミレスに来る夏雪にメニューを見せながら、おすすめ商品を紹介したり、ドリンクバーのやり方を教えている。

「それぐらい作田だって分かるだろう」

「ファミレスに来た事ないって本当なの？」

俺が風太を窘め、低音ボイスの月子が夏雪に聞いた。

夏雪がファミレスに行きたいというので、ホームルームが終わると、俺たちはすぐに常連のファミレスにやってきた。

昼に弁当を食べたので腹いっぱいのはずなのに、俺と風太はランチ大盛を頼んだ。

「あなたたち、本当に食べられるの？」

月子はしかめっ面をしながら頼んだチョコレートケーキを食べている。これから勉強をする為に糖分が必要なんだそうだ。

「高校生男子の胃袋をなめんなよ」

「吉野、お前に見せてやるぞ、底なしというのは、こういう事を言うんだってな！」

俺と風太は、ランチについてくるコンソメスープをお代わりしながら、わっはははと答える。

「僕には底があるけどね」

スマイル王子は、同じく糖分が必要なのか白玉団子パフェを頬張っている。

夏雪と花谷乃のKKコンビは、ドリンクバーを頼んだらしく、二人で一緒にカルピスソーダを飲んでいた。外見も性格も全く違う二人だが、ピアノを弾く者同士として意気投合しているようだ。

「俺、三杯目だからな」

「お前、スープだけ取ってるだろ、ちゃんと野菜も入れろよ」

風太と競うようにスープを飲んでいると、カルピスソーダを飲んでいる花谷乃と目が合った。花谷乃は気まずいのか、俺から目線をパッと外し、

「そういえば、昨日、偶然、西岡君のバイト先に行ったんだよね。意外だよバイトとかしてるんだね！」とグラスに入っている氷をストローで回している。

「そうなの？　どこでしてるの？」

「バイトか、俺もするかな、時給いくら？」

月子や風太が興味ありげに聞いてくる。

「二年の時の友達と行ったんだけど。ゲームに負けたから奢らされてさ、本当参ったよね」

アハアハハと意味ありげに笑っている花谷乃と、急に無口になった俺を、柊が何か悟ったのか交互に見ている。

「俺も意外だよ。お前のいうあれが友達なんだな」

変な言い訳をする花谷乃にイラついて思わず声に出していた。

二杯目のジュースを取りに行っていた夏雪が、テーブルの暗雲立ち込める空気に、どうしたのという顔を風太に見せる。

風太はそんな夏雪に、分からないと言いたげに首を横に振って答えた。

「それとも本当に友達だと思ってんのかよ」

「思ってるよ！」

「パシリさせられるのが？　金使わせるのが？　お前バカじゃねぇの」

花谷乃は押し黙り、俯いた顔からは表情が見えない。だけど、俺は止まらなかった。

「そんなの友達でもなんでもねぇからな」

「だから……あれはゲームで負けたから」

「嘘つくんじゃねぇよ！　どう考えても違うだろ、あいつらニヤニヤ笑ってたんだぞ！　そんなのが友達かよ！」

俺は何も悪いこと言ってないからなと澄ましていると、ウッという声と共に鼻水をすする音が聞こえてきた。

「西岡君にだけは言われたくない」

俯いたまま花谷乃が呟く。

「言っておくけど、それ余計なお世話だから！」

勢いよく顔を上げた花谷乃の目からは涙が流れていた。悔しくて仕方ないって顔をしながら泣いていて、俺をきつく睨んでいる。

花谷乃は、鞄から財布を取り出し、律儀に千円札を置き、店を勢いよく出て行った。

一部始終を傍観していた他の四人の視線が一気に俺に集まる。

「お待たせしました～ランチご注文の方は～？」

その時、空気を読まない店員が笑顔を作りながらランチセットを運んできた。

「あ、俺です」

「ランチの時間が終わりに近いので、大盛の盛りに盛ってサービスしました！」と言われ、「あざーっす」とお礼を言い受け取ると、皆が呆れた顔をしていた。

「和泉が女子を泣かせるなんて、世も末とはこういう事を言うんだね」とため息をつく柊。

「いまいち話が読めないけど、確かに余計なお世話ね」ランチ大盛の盛りの盛りを見てうっぷと口を押さえている月子。

「何かあったにしろ、今のは和泉の言い方が悪いよ、謝りなよ」そんな事を言いつつランチを頬張る風太。

一同のぼやきを、夏雪はウンウン本当に、と言いたげに頷いている。

何だよ、俺が悪いのかよ、ってかあいつが、花谷乃が色々誤魔化すからムカついたんだ。本当は自分だって分かってるはずなのに、あんなのが友達じゃないって分かってるはずなのに、その全てに見て見ぬふりする花谷乃に俺はムカついていたんだ。

五月の連休初日。俺は約束した通り、母さんの病院へ向かった。

祖父が車を出すと言ってくれたが、電車を乗り継いで行く事に決めていた。母さんと会うところを祖父母に見られたくなかったからだ。

「悪いな」

電車の中で、横に座る柊に声を掛けると、

「何度も言わないでよ。僕も久しぶりに和泉のお母さんに会いたいし」と読んでいた文庫本から顔を上げた。

「それより、この間の林さんの事なんだけど」

「もう、それはいいよ」

あれから数日、花谷乃は話をしたいのか、俺の前を行ったり来たりしたり、待ち伏せしたりと事あるごとに視線の中に現れたが、結局何も言わないまま連休になった。

俺も俺で花谷乃へのムカつき具合は収まったけれど、あいつから何か言わない限り、俺からは何も言うまいとだんまりを決め込んだ。

「林さん、和泉にだけは言われたくないって言ってたの覚えてる？」

「あぁそういえば、そんなこと言ってたな」

「それがどういう意味か分かる？」

「意味？　ん〜友達でも何でもないのに言われたくないって意味なんじゃねぇの？」

「はぁ……まったく」

本当わかってないなと言いたげにため息をつく柊は、再び文庫本を読み始めた。

ったく、またかよ。

この間から、俺の知らない何かがこの世で起きているらしい。


車で一時間かかる病院は、電車を乗り継ぐと二時間は余裕でかかった。

駅前で柊に昼飯をご馳走(ちそう)し、タクシーに乗り込むと、山上にある病院へと向かった。

この病院は、医師である柊の父親に紹介してもらった病院だ。山の高台にある為、正面玄関からでも街並みがよく見え、眺めがよかった。

三階の一番南に位置する母の病室に足を向ける。

ここに来るのは高校の入学以来だから、約二年ぶりだ。母さんの容体はその頃からあまり変わってないと祖母から聞いているけど、どんな風に変わっていないかは詳しく聞いていない。

「和泉、元気だった？　ちゃんとご飯食べてる？」

四人部屋の窓際のベッドで寝ていた母さんは、俺の姿を見つけると、起き上がった。

久しぶりに会う母さんはやはり青白くて、やせ細っていた。ちゃんとご飯食べてるのかこっちが聞きたいぐらいだ。

「柊君も久しぶりね」

「ご無沙汰してます。あ、これうちの母からです」

スマイル王子は、必殺の笑顔で挨拶すると、鞄から袋を取り出し母さんに渡した。

「あら、ありがとう。ご家族は皆元気？」

「はい、おかげ様で」

「そう、よかったわ。お父さんにもお礼言っておいてね」

柊の母親がくれたのは、薄いピンク色のカーディガンだった。母さんは早速パジャマの上に羽織った。

「和泉が来るっていうから、下の売店で買ったのよ」

母さんは、ベッドの横にある小さな冷蔵庫からアイスクリームを二つ取り出し、俺と柊に渡す。

「ありがとう」

ベッドの横に置いてある折り畳み椅子を取り出し、アイスを食べ始める。

「学校はちゃんと行ってるの？　成績はどうなの？」

「久しぶりに会ったのに、そんな話？　もっと聞く事あるだろ」

「私はそんな話が聞きたいのよ。ねぇどうなの柊君、学校での和泉は？」

「ちゃんとしてますよ。勉強も頑張ってるし、行事だって参加してるし、そうそう、この間、ずっと不登校だった女子を合唱祭に参加させたんですよ」

「和泉が？　女の子を？」

「はい。その女子からは感謝されてたけど、この間は別の女子を泣かせてました」

「おい、柊、余計なこと言うなよ」

「ちょっと和泉、女の子泣かせるなんてどういう事なの？　女の子には優しくしなさいって昔から言ってるでしょ」

「もう、分かってるよ。柊、お前、後で覚えておけよ」

母さんは、俺と柊を見て笑った。カーディガンの色味のおかげなのか、青白かった頬がピンク色になっていた。

柊がいてくれたおかげで、母さんとの久しぶりの対面は終始和やかだった。

夕方になり、母さんが、夕日が綺麗に見えるからと言ったので、庭に出る事にした。廊下を歩いている途中、柊は「僕ちょっとトイレに寄ってから行くね」と言い、俺たちの元を離れた。

病院の庭から見える夕日は、母さんが言うように綺麗だった。今にも沈みそうな太陽に、山間に見えるピンク色の空、雲にまでピンク色が反射していて、幻想的な空間だった。

「何だか、あなたが生まれた時の空に似てるわ」

「でも、俺が生まれたのって、朝方だろ？」

確か、祖父母から聞いた話だと、俺は朝七時頃に生まれたはずだ。秋の終わり頃の十一月二十五日。難産だったと聞いている。

「うん。でも、朝日と夕日って似てるじゃない」

「何だよ、それ、適当じゃん」

俺が笑っていると、

「和泉、ごめんね」

母さんが突然謝ったので、何が何だか分からなかった。

「何が？」

「苦労ばっかりかけて、一人ぼっちにさせて」

今までの和やかな空気は一変して、冗談が言えるような雰囲気ではなかった。

「なんだよ、突然」

「うん。突然思ったの」

俺は振り返って建物を見るが、そこに柊の姿はなかった。

「普通の家庭に生まれたかったよね」

声を発しようとしたが思うように出ず、ギュと喉が鳴っただけだった。

それは、俺がずっと抱えていた本音だったからだ。

父さんを病気で亡くし、母さんも病気になってしまって、一人ぼっちになった俺はなんて不幸なんだって。もっと普通の家庭に生まれたかった、家族が揃っている家庭に生まれたかったって。俺はそんな事をずっと思っていた。

横にいる母さんの顔を見ようとしたが出来なかった。

もし、今、母さんの顔を見てしまえば、泣いてしまうかもしれないからだ。

だけど、俺は言わなくてはいけない。たとえ本音ではなくても、今言わなければ、きっと後悔する。

もう一度、建物の方を振り返ると、柊が俺たちに向かって歩いてくるのが見えた。

それだけで胸がすっと軽くなった。持っていた買い物袋の取っ手を半分持ってもらったように胸のつかえが半分になった。

「普通って何だよ。これが俺の普通だよ」

再び喉が鳴った。今度はギュというよりもグゥと声を押し殺した音だ。嘘だとバレないでくれ。

「ありがとう」

母さんがパジャマの裾で涙を拭っているのが横目で見えた。

泣いている。母さんが泣いているのだ。

俺の嘘に気付いたから泣いてるのか、それとも本当に嬉しくて泣いてるのか、分からなかった。

だけどその時、俺は初めて声を出さない涙があるのを知った。

帰りの電車の中は静かだった。

俺も何も話さなかったし、柊も何も話さなかった。夕日はまだ落ちていなくて、ピンクと水色の織り成す神秘的な色の中に俺たちはいた。

「現像して、今度渡すね」

柊が手に持つデジタルカメラを見ている。先程、別れ際に母さんと一緒の写真を撮ってくれたのだ。

カメラの画面を見ると美しい風景の中で、俺と母さんは笑っている。

カメラマンが違うだけで、被写体がこんなにも笑顔になるのかっていう程、普段とは違う顔だ。

「なんか、雨の匂いがする」

晴れているはずなのに、何故か雨の匂いがして呟くと、ぽつりぽつりと雨が降り始めるのが窓の向こうに見えた。天気雨だった。

「和泉は嗅覚が優れてるんだね」

「人を犬みたいに言うな」

言い返すと、柊はクスクスと笑う。

外では、夕日の中、本格的にざぁざぁと雨が降り始めた。

「雨の始まりって不思議だと思わないか？　ポツポツといつの間にか始まっててさ。すごく曖昧だよな」

電車が水の張った田んぼの間を走り抜け、雨の滴が窓に何度もあたった。

「そして、いつの間にか止んで、ペトリコールが漂ってくるんだよね」

「そうそう。始まり方も終わり方もすんごく曖昧。でもだから惹かれるのかもな」

つい先ほどまで降っていた雨は、いつの間にか止んでいて、再び夕焼けの空に戻っていた。

俺と柊は、ペトリコールを嗅ぐ為に電車の窓を開けた。雨上がりのもわっとした独特の空気が入ってくる。

田んぼの土の匂いと、アスファルトの匂いが混ざるペトリコールを胸いっぱいに吸い込む。

「何だか、このまま電車でどこかに連れてかれそう」

「ペトリコールのせい？」

「うん。あと知らない街だからかな」

何だかフワフワしていた。別空間にいる様な、宙に浮いている様な。それは、母さんにあんな事を言ったせいかもしれないし、ペトリコールのせいかもしれない。

ただ、今日、柊がいてくれて良かったって心底思った。いてくれなかったら、今日も母さんと何も話せず、前回のように逃げ出していたに違いないからだ。

「今日、ありがとうな」

柊は、窓の外を見ていたが、ん？　という顔をし、俺の方を振り返った。

「いてくれて助かった。ありがとう」

「もういいよ、何回も聞いたから」

「うん。でも、ありがとう」

柊は、分かったよ、と言いたげに笑ったが、何か閃いたのか、

「なぁ和泉。ありがとうって気持ちがあるなら、明日、僕に付き合ってくれない？」

と意味ありげに言った。

「別に、いいけど」

何をするのか分からないけど、柊が言うなら付き合わない訳にはいかない。


翌日、柊との約束の時間に指定された駅前に行くと、そこには花谷乃が立っていた。

「何でここにいるの？」

「何でここにいるんだ？」

しかも、この間バイト先で見た女子三人組も一緒だ。あと見知らぬ男三人も戸惑いな

がら立っている。

「西岡君。私、一年の時同じクラスだった田崎順子(たざきじゅんこ)だけど覚えてる？」

女子三人のうちの一人が声を掛けてくる。髪が茶色いのに、眉毛は黒というアンバランスな女だ。他の女子たちも茶髪にアイメイクばっちりだが、どこか背伸びしている感があって不自然でしかない。

「知らねぇ」

「えっ」

俺は絶句する田崎を無視し、花谷乃に顔を向ける。

花谷乃は、田崎たちに背中を向けるように俺の腕を引っ張ると「一ノ瀬君は？」とコソコソ聞いてきた。

「知らねぇよ、俺もあいつに呼ばれたんだから」

何だか知らないけど、俺もコソコソ口調になる。

だけど、花谷乃は思い当たる節があったらしく、あぁなるほど、という顔をした。

「何だよ、分かってるなら説明しろよ」

「今から皆で富士急(ふじきゅう)に行くんだけど……彼氏連れてこようって事になって、でもあたし彼氏とかいないから、一ノ瀬君に頼んだんだけど……」

花谷乃は意味ありげに俺を見上げる。

おいおいおい、待てよそれって、もしかして……。

「ねぇ、西岡君と花谷乃って付き合ってるの？」

俺たちがコソコソ話しているのが我慢できなくなったのか、田崎が聞いてきた。

「学校じゃ、そんな感じしないけど」

田崎の発言にウンウンと同調する他の女子二人。さっき自己紹介されたけど覚える気は全くない。

「悪いけど、二人、似合ってないよ」

田崎は、ふっとバカにした笑いを花谷乃に向ける。

俺は田崎を無視し、花谷乃の腕を引っ張ると、一同に背中を見せ再びコソコソ話をした。

「ど、ど、どうしたの」

花谷乃は俺の行動に驚き、顔を真っ赤にさせる。

「いいから」と今度は花谷乃に耳打ちした。それが女子たちの何かを刺激したのか、「ちょっと耳打ちって仲良くない？」「羨ましい〜」の声が聞こえる。

「前、作田の時に話したお願いごとって覚えてるか？　あれ、まだだったよな」

「西岡君、覚えてたんだ」

花谷乃は、意外そうな顔をした。

「当たり前だろ。あれ、これにしよう。ってか、これでいいだろ。いやこれにしろ」

俺は耳打ちを止めると、花谷乃をジッと睨んだ。花谷乃は驚いていたが、「う、うん、お願い」と恥ずかしそうに呟く。

俺はその言葉を合図に、慣れない手つきで花谷乃の肩を抱くと、

「花谷乃、行こうぜ」と改札へと向かった。

女子たちの「キャー」「抱き寄せた！」「信じられない！」の声が響く。

おいおいおいおい何だこの展開、ったく柊のやろう覚えておけよ。


ダブルデート、トリプルデートの次って何て言うんだっけ？　ここに柊がいてくれたらすんなり答えてくれそうだけど、とにかくカップル四組で富士急ハイランドに向かった。

俺たちの住む街から電車を乗り継ぎ、三時間ぐらいで目的地に着く。行くだけで疲れてしまいそうな距離だが、それ以上に疲れたのは、電車の中での田崎からの質問攻めだった。

二人はいつから付き合い始めたのか。告白はどちらからしたのか。お互いの家には行ったのか。

もう、うんざりするほど質問攻めにあい、その質問に花谷乃が全部答えていて、俺は

ひたすら寝ているか、柊に文句のメールを打ち続けていた。

柊からは、『後はよろしく！』の返信を一通もらっただけで、それ以降メールは届かなかった。

母さんのところに付き合ってくれたのは有難いけれど、これじゃ割にあわない。

そんなこんなだから富士急に着く頃には、俺は既に疲れ果てていた。

「大丈夫？　もしかして電車で酔った？」

ぐったりしてベンチに座っている俺に、花谷乃は本物の彼女の様に飲み物を買ってきてくれたり、濡れたハンカチを渡してくれたりした。

「悪いな。お前も乗りたかったら行けば？」

他の奴らは、目の前のなんじゃこりゃみたいな名前のジェットコースターの列に並んでいる。五月の連休だからか、大行列で一時間以上は戻ってこないだろう。

「いいの。ごめんね、休みの日に」

あまりにもしおらしく言うもんだから、怒るにも怒れない。

「言っただろ、これは作田の時にした約束だって」

「うん、分かってる。でも……ありがとう」

どうせ、田崎たちに彼氏がいないとも言えずにいたのだろう。

だけど……花谷乃は俺じゃなくて柊に頼んだんだよな？　って事は少なからず柊に好

意があるんだよな。それなのに、柊ではなく俺が来たのにショックそうじゃないのは何でなんだろう。むしろ機嫌が良さそうというか……。

一時間経って、田崎たちが戻ってきた時だった。衝撃的な発言に、飲んでいたジュースを吹き出した。

「カップル交換？」

「だって、色んな人と話してみたいじゃない」

要するに、今カップルになっている男女を入れ換えて新たにカップルを作ろうっていう事らしい。

男子たちも賛成らしく、朝の戸惑いはどこにいったのか、にやにやと笑って女子たちを見ていた。

おいおいおい何だこの展開パートツーだぞ。

「ね、いいでしょ花谷乃？　私たち友達じゃない」

下衆だな～下衆中の下衆だな～。

大体、私たち友達じゃないって、言葉に出す奴ほど信じられないものはない。一生のお願いって言われるのと同じぐらい信用ならない。

お前、これでもこいつら友達だと思ってんのか？　っていう非難の目で花谷乃を見ると、空気読まない姫は怒りに満ちた目をしていた。

声を掛けようとすると、

「……なんかじゃない」花谷乃はボソッと呟いた。

「え？　何？」

田崎は、花谷乃の発言がよく聞こえなかったようで聞き返す。

「あんたなんか友達なんかじゃない！　和泉は渡さない！　絶対に渡さないいんだから！」

怒りで田崎を睨みつける花谷乃。だが田崎も負けてはいなかった。

「西岡君が彼氏なの嘘でしょ。そんな話、学校で聞いた事ないもん！　ねぇ西岡君、本当に花谷乃と付き合ってるの？　本当にそうなら学校中に言ってもいいよね！」

突然話を振られ、俺は咄嗟に言葉が出なかった。

「ほら、やっぱり嘘なんじゃない！　大体、花谷乃、あんたが男にモテるわけないじゃない！」

女子たちの喧嘩を、周りの観光客たちが何事かと引き気味で見ている。

修羅場。これを修羅場と言わず、何と言う。

花谷乃が言い返せずにいた時だった。

「花谷乃！　俺を好きだって言ったじゃねぇか！　なんで和泉を誘ったんだよ！」

「花谷乃ちゃん、今日は僕と約束したのにどうしたの？」

集まり始めた観光客の中から、少女漫画のように、風太と柊がヒーロー顔負けの登場をした。

「え？　あ？　え？　一ノ瀬君じゃない。何でここに」

スマイル王子こと一ノ瀬柊様が笑顔を振りまき颯爽（さっそう）とやってきた事で、女子たちは一様にあわあわとしている。多分、風太の事は見えてない。

柊を見ると、鼻孔が少し膨らんでいるのが分かった。あれは何かを企んでいる合図だ。

俺は、ニヤッとし、花谷乃の肩を抱き寄せた。すると、反対側の肩を柊が抱き寄せ、風太は花谷乃の荷物を持った。

花谷乃は、え？　何、何？　と顔を真っ赤にさせ慌てている。

「じゃあ、俺たち四人でデートするから、そっちはそっちでカップル交換でも何でもやっといてよ」

「さ、花谷乃行こう」

「花谷乃ちゃんは僕のものだよ」

俺たちは、花谷乃を真ん中にし、三人で取り合うように歩いていく。

顔は見えないが、背中の向こうでは田崎たちが泡食っているだろう。ざまぁみろってやつだ。

稲が青々と生えそろった田んぼの中を電車が抜けていく。

四人掛けのボックス席に座り、俺たちは地元へ戻った。花谷乃は気まずいのか、ずっと窓の外を見ている。

「林さ、あんな奴らと付き合うの、もう止めろよな」

もっともな事を風太に言われ、花谷乃はムカついたのか、「うるさい」と漏らす。

「何だよ、せっかく助けに行ったのに、その言い方は！」

風太がぶつぶつと文句を言い始め、それを聞いた柊が、俺にコソコソと耳打ちする。

「和泉が止めろって言ったら止めるんじゃないかな」

「は？　俺？　何で」

「いいから言ってみてよ」

俺は、花谷乃の正面を向く。花谷乃は、ジッと見る俺に戸惑ったのか、「な、何？」と聞いてきた。

「止めろ、今すぐ止めろ」

俺は柊に言われた通りにすると、花谷乃は小さく「え？」と呟くと、「……分かった」と頷いた。

柊は、ほらねと言いたげな顔をし、風太は、「はぁ？　何だよそれ、何で和泉に言われると素直に聞くんだよ！」と再び文句を言い始めた。

「う、うるさいわね」

「お前、ファミレスでランチ奢れよな。大事な連休潰れたんだからよ」

「そんなの知らないもん。あたし麻生君は呼んでないし」

「はぁ？　大体お前はな！」

「お前にお前呼ばわりされたくありません」

花谷乃と風太の喧嘩漫才が始まった。


「今日はありがとう。本当ありがとう」

地元の駅に着くと、花谷乃はこれまたしおらしく言った。

「まぁ、お前もこれで色々わかったろ」

偉そうに言う風太に、花谷乃はしかめっ面をし、

「麻生君はうるさいよ、後、お前って言わないで」と言い返す。

柊が時計を見ながら、

「僕、林さん送っていくから。和泉はバイトでしょ？」と聞く。

「おう」

柊は花谷乃と共に、駅の反対側にある花谷乃の自宅へと向かった。そして、風太も

「はぁ、家に帰るかぁ」そう言って帰った。

　その日のバイトは暇で、八時頃にはもう客足は途切れていた。一日の疲れがどっと押し寄せていたので有難いと感謝し、ダラダラと十時になるのを待った。

「俺、二階掃除してきます」

　二階に行き、客のいない店内を掃除し始めた時だった。ふと窓から外を見ると、通りの端を風太が歩いているのを見つけた。

　風太は、駅で別れた後、家に帰ると言っていたはずだけど。

　向かっているのは、駅の地下道のようだ。駅の反対側に行く為の通路なのだが、あそこは夜になると薄暗いせいか変な奴らが溜（た）まっているので、地元の学生たちはそこを使わず、遠回りをして帰っているのが殆どだ。

　なのに、何であんな場所に風太が？

　そういえば、あいつにここでバイトしてるの言ってなかったな。

　声を掛けようと窓を開け、手を振ろうとする。だが、連れがいるのに気付いてそれを止めた。薄暗い街灯の中、目を凝らしてよく見る。

　風太が一緒にいたのは、バスケ部の後輩渡部と、中学の同級生でもある掛井（かけい）だった。

9

七回目の七月七日を迎えた。

前回と同様に、朝起きると一階のリビングに行き、ひと通り作業をすると、風太や夏雪と共に柊の母親が作ってくれた昼食を食べた。

そして十三時になる十分前だった。チャイムの音と共に玄関の開く音が聞こえた。

「おじゃましま～す」

傘の水滴をバサバサと落とす音が聞こえた後、リビングにやってきたのは、花谷乃だった。

髪の毛は黒に変わり、服装も大人しい感じになっている。

花谷乃は、リビング隣の和室に行くと柊の仏壇に線香をあげ、すぐに戻ってきて、ソファに座った。

「夏雪にはよく会ってるけど、麻生君と西岡君は久しぶりだよね。卒業以来かな」

「あぁ、そうだな」

花谷乃は、大阪でピアノ教室の先生をしているらしい。最近結婚もして、いずれは自宅でピアノ教室を開くのが夢なんだそうだ。

柊が事故に遭って以来、仲間たち全員と集まらなくなったが、塞ぎ気味だった俺の為に、花谷乃は何度かピアノを弾いてくれた。

言葉を交わした訳でもないのに、どうしてか花谷乃は俺の気持ちを分かってくれ寄り添うように弾いてくれた。

そうだった。あの頃、俺の為に花谷乃はピアノを弾き、夏雪は昼食を作って持ってきてくれた。それは、柊がいなくなってから学校を卒業するまで続いたのだ。

「覚えてない？　西岡君がもっとピアノやればいいのにって言ってくれたの」

「俺？　そうだっけ？」

花谷乃は、ふっと笑顔になる。

「私、西岡君が言ってくれたから、だからもう一度やろうって思ったんだ。私……あの頃、西岡君が好きだったから」

風太も夏雪も俺たちの会話を黙って聞いている。

「私が二年の頃のクラスメイトと遊園地に行くってなった時、本当は西岡君を誘うつもりだったの」

「え？　そうだったのか？」

「うん。だけど、どうしても声を掛けられなくて。だから一ノ瀬君に頼んで。でも結局当日来たのは西岡君だったよね。その後、麻生君も一ノ瀬君も助けに来てくれて」

柊と花谷乃が遊園地に行ったのは覚えている。でも、過去が変わったのだろう。

「遊園地の帰り道、一ノ瀬君に送ってもらった時に言われたの。自分の事に自分で立ち向かわないで誰が立ち向かうんだって、自分で自分を見捨てるのかって。和泉だって同じこと言うはずだって」

そういえば、花谷乃は遊園地に行って以来、あの女子たちと関係を断った。

その後花谷乃が言ったのは「縁を切ってすっきりした。どうしてあんな人たちに固執していたのか分からない」だった。


十三時になり住職が来ると、その後は前回と同じだった。

午前〇時になるまで風太と柊の父親と飲み明かし、そして俺は二階の柊の部屋へ向かった。

午前二時になるのを待ち、そして俺は十七歳の俺に電話をかけた。

コール音が一度鳴っただけで、電話は待ってましたとばかりにすぐに繋がった。

『もしもし、オヤジか？』

「今、何月何日だ？」

『五月六日。連休が終わったばっかかり』

「そうか……」

着実に七月七日に近づくのを感じ、気ばかりが焦っていく。早く仲間を集め、柊の話したかった事を調べないといけない。

『この間、林と遊園地に行ったんだ。そこで色々あって、って知ってるよな？　他のクラスの女子の話』

「あぁ。林なら大丈夫だ」

『なら良かった。俺のせいでもっと酷い扱いされたりとかしたら、恨まれるもんな。それとさ……俺、柊と一緒に母さんに会いに行ったんだ』

「そうか……会いに行ったんだな」

俺の記憶では、母さんと最後に会ったのは高校入学の時だった。それ以来、俺は母さんを避けていたからだ。

『それでさ、柊なんだけど、七月七日、その日は何があった日なんだ？　こっちでは七月四日、五日に文化祭があるけど、それと何か関係あるのか？』

「俺の時は、文化祭の振替休日だった」

『振替休日か……その日の十三時に柊は事故に遭うんだよな？　場所は駅前のバス停でいいんだよな？』

「そうだ」

『分かった』

何かにメモをしているのか、小さく復唱している声が電話の向こうで聞こえた。

『あ、それと、風太はそっちでは一番に来てたんだよな？』

「あぁそうだ。なんだ、風太がどうかしたのか？」

『ん〜どうって事じゃないんだけど、遊園地に行った日の夜、風太がバスケ部の渡部と掛井と一緒に歩いてるの見かけたんだ。俺、バイト中だったから声掛けなかったんだけど、もしかしたら、そっちで何か話してるかなって思って』

「掛井って、中学が一緒の掛井か？」

驚きすぎて、声が裏返った。

『そう。見間違いかもしれないけど』

掛井……。何で風太と掛井が一緒にいるんだ？　しかも後輩のあいつと一緒に。

『もしもし？　もう切れるぞ』

電話が突然切れた。携帯の画面を見ると、午前二時八分を指していた。

掛井と風太に接点があるなんて今まで聞いた事もない。

掛井は俺と柊の中学時代の同級生だ。でも、掛井はいわゆる不良という部類に入る生徒で、中学時代も俺と柊とは殆ど関係がない。高校も通うのを辞め、就職したと聞いた事がある。

そういえば、中学時代、一度だけ柊と揉めた事があった。生徒会長だった柊が朝集会の邪魔をする掛井を注意した事で一時期因縁をつけられたのだ。結局それは教師が収めてくれたのだけど。

まさか、掛井と七月七日の事故は何か関係があるのだろうか。

それに、どうして風太は掛井や後輩と一緒にいたのだろう。

携帯電話をベッドの横に置くと、俺は柊の部屋を出、一階へと下りた。

午前二時半前。柊の父親は既に床に就いたのだろう、一階はひっそりとしていた。

リビングもキッチンも電気が消えている。だが、リビングの横にある仏間から灯りが漏れているのを見つけた。

そっと襖を開けると、仏壇の前で風太が酒を飲んでいるのが見えた。仏壇には柊の遺影や位牌が置いてある。

「……だよ」

風太の声が聞こえた。

「なんでだよ」

今度ははっきり聞こえた。

「なんで、お前が」

襖を開けると、風太がハッとし振り返る。そして俺の顔を見ると、

「なんだ、和泉か」と赤ら顔で言った。

「いい加減にしろよ、飲みすぎだぞ」

手に持っているコップを取り上げると、風太は、まるでお菓子を取られた子供のような拗ねた顔になった。

まさか、こいつが、こんな純粋な奴が、柊の事で何かを隠してるはずないよな？

「もう少しだけいいだろ？」

「駄目だよ、明日東京に帰る時大変な事になるぞ」

「もう、なんだよ」

だけど、十七歳の俺が見かけたという、掛井や後輩が気になるのも確かだ。風太は後輩とのあの一件以来、部活を辞め、接点が無くなったはずだからだ。

「夏雪も花谷乃も、俺の知らない柊との思い出があったんだな」

「え？　あぁ、そうみたいだな」

「お前は？」

「ん？　何が？」

風太は赤くなった顔を傾げ、分からないと言いたげだ。

「お前は、俺の知らない柊との思い出、何かないのか？」

風太は、目を伏せながら俺が放った言葉を充分噛みしめた後、ゆっくりと俺を見た。

「俺は、特にないよ」

静かだった。降っていた雨は既に止み、この空間には俺と風太しかいない。

「そっか」

だけど俺には分かった。風太は何かを隠している。酔っていたはずの目が、俺と合わせたその目が、何かを物語っていた。

10

四時限目の授業中だった。

あと少しで昼食だからか、だらけきった空気が漂っている中、突然、扉をノックする音が聞こえた。

教室中が何事かと顔を向けると、扉を開け、顔を見せたのは学年主任の教師だった。禿（は）げ上がった頭をさすりながら、授業をしていた教師に挨拶し、一言二言ことばを交わすと、「西岡、荷物もってちょっと」と俺に向かって手招きした。

ん？　俺？　という締まりのない顔をすると、「早く」と催促された。

なんだかよく分からず立ち上がると、柊と月子が大丈夫か？　とでも言いたげに「和泉」「西岡君」と声を掛けてきた。花谷乃や夏雪も心配そうに見ている。

大丈夫、そういう意味で手を挙げると、荷物を持って教室を出た。

教室内から教師の声が聞こえるものの、授業中の廊下は静かだ。前を行く学年主任は急ぎ足で歩いているが、たまに俺が付いてきているか確認するため振り向いた。

一階まで降り、正面玄関までやってくると、下駄箱前に白い軽自動車が停まっているのが見えた。

軽自動車の運転席には祖父が座り、車の前には祖母が立っていた。

学年主任が祖母に会釈すると、俺には「何かあったら直ぐに電話するんだぞ」と声を掛けた。

下足に履き替え、祖母に促されるまま車の後席に乗り込む。

祖父は黙って車を運転し始めたが、ハンドルを握る手に力が入っているのが見えた。

「ごめんね、授業中に……敬子(けいこ)が……お母さんの容体が悪いって病院から連絡があって」

教師に声を掛けられた時からそんな事だろうと薄々気付いていた。

一時間、車を走らせ、病院に着いた頃には母さんの意識は無かった。俺たちは目を閉じている母さんに何度も話しかけたが、結局そのまま意識を取り戻す事なく亡くなった。

葬式は週末に執り行う事になった。

俺は病院に行って以来学校を休み、祖父母と葬式の準備をしていた。

その間、柊が毎日様子を見に来てくれ、月子や花谷乃、風太や夏雪も都合がつくと来てくれた。

すべてがあっという間に過ぎていき、葬式は滞りなく進んでいったが、そのせいか、俺の気持ちはどこか置いてけぼりになった。

ただ、祖父母が目に見えて気落ちしているのが分かった。

親に死なれてしまう子供よりも、子供より長生きしてしまう親ほど不幸なものはないんだとその時知った。

母さんが亡くなって十日後、久しぶりに登校した。

担任が説明した為か、クラスの連中には母親が亡くなった事が知れ渡っている。

クラスメイトに、「大丈夫か？」と声を掛けられ、「おうおう、大丈夫大丈夫」と軽口を叩くと、皆が安堵した顔をし、俺の日常は元に戻った。

その日の昼は、夏雪が作った弁当を食べる為、皆で屋上へやってきた。

高台にある校舎の屋上は、眺めが最高で湖の端の端まで見える。

「はい。西岡君の分」

夏雪の作った弁当は、ハンバーグやらソーセージやらと、祖母の作る弁当とは全く違うものだった。

「悪いな」

祖母も俺も弁当をすっかり忘れていたので有難く受け取る。

「そうだ、お前らもわざわざ悪かったな、葬式に来てもらって」

葬式にはクラス代表の柊たち以外にも、風太や花谷乃、夏雪もやってきたが、その時は挨拶も出来なかったのだ。

「ちゃんとご飯食べてる？　何だか痩せたみたいだけど」

「食べてるよ、大丈夫大丈夫」

心配そうな顔をする花谷乃の前で、わざとハンバーグを口いっぱいに頬張って見せる。

それを見た夏雪は、「こっちも食べて」とおにぎりを取ってくれた。

何だか至れり尽くせりで申し訳なくなる。

「皆には色々手伝ってもらったし、今度、ファミレスでランチでも奢るわ」

「本当か！　そりゃラッキーだな！」

「盛りの盛りな！」

「盛りの盛り盛りだろ！」

いつものように俺と風太がうわっははと声を張り上げると、花谷乃が風太の横っ腹に肘鉄をくらわし、うぐっとうめき声をあげた。

「西岡君、来週の日曜日空いてない？」

今までずっと黙々と食事をしていた月子の低音ボイスが響いた。

「え？」

こんなにも堂々と皆の前でデートのお誘いをするんですか月子さん、さすがっす、うっす、と思っているのもつかの間、

「皆で、旅行に行こうって話してるんだ」

同じく今まで黙っていた柊が補足した。

「私たち修学旅行いってないわよね、その代わりのつもり」

柊を見ると、小さく頷いている。元々、修学旅行の代わりの旅行に行こうと柊と話していたが、皆で行く事にしたのだろう。

確かに、俺たち二人で行ったのが後でバレたら、こいつらに何を言われるか分かったもんじゃない。ここにいる奴らは全員、修学旅行居残り組だからだ。

ただ、元気のない祖父母を置いて出かける事に、踏ん切りがつかないのも確かだった。

「ねぇねぇ、どうなのどうなの？　六月七日行くでしょ？　私、お菓子持っていくからさ」

「六月七日……」

花谷乃の言ったことが気になり携帯電話でカレンダーを見る。来週の日曜日は六月七日だった。

「どうかした？」

柊が不思議そうに俺の顔を覗く。

「日曜日って、六月七日なんだな」

「そうだよ、もう予定あった？」

「いや……」

オヤジの言っていた七月七日までもう一か月しかないのか。もしかしたらその日に柊に何かがあるのかもしれない。そう考えると行かない訳にもいかなかった。

六月七日は、学校に行くよりも早い時間に駅に集合になった。前日から一泊すればいいと話したが、夏雪の母親を説得するのは難しく、結局日帰りハイキングになったからだ。

それでも夏雪は、友人たちとの初めての遠出と喜んでいたから、誰も文句は言わなかった。

「はい、皆さんにおやつ配りますね～。電車の中で全部食べないように～」

電車に乗り込むと、花谷乃が袋に入ったお菓子を配り始める。日曜日、早朝の電車には殆ど客がおらず、俺たちは席を自由に使っていた。

「先生！　バナナはおやつに入りますか？　俺、持ってきたんですけど！　今食べてもいいですか！」

風太が花谷乃先生に質問を投げる。

「バナナはおやつに入りませんから、大丈夫ですよ〜」

花谷乃先生は優しく答え、風太はその場でバナナを食べ始めた。

夏雪が、プッと吹き出し、あいつら仕方ないなという顔を柊や月子がしている。

「西岡君、お茶飲まない？　私、水筒持ってきたの」

俺が風太と花谷乃の夫婦漫才を見ていると、夏雪は水筒のキャップにお茶を入れ、差し出してきた。

「うん。ありがとう」

「大丈夫？」

「ん？　大丈夫だよ」

「本当？」

「うん。大丈夫大丈夫、ほら」

何が大丈夫？　なのか分からないけれど、夏雪が心配そうに俺を見るので、腕の力コブを見せてやった。

電車に揺られること一時間半、安曇野へとやってきた。俺たちの住む街同様に、ここの街も水が綺麗な事で有名で、シーズン中は賑わっているが夏休みでもお盆でもない日曜日はそこまでではなかった。

駅前にあるレンタルサービス店で自転車を借り、ワサビ園を巡ったり、森の中にある絵本美術館に行ったり、ガラス工房を見て回る。

朝早く出てきたはずなのに、あっという間に昼はやってきて、俺たちは森の中にある川で昼食をとる事にした。

上流にあるからか、川の幅は狭く、ごつごつした岩がところ狭しとひしめき合っている。流れる水は透き通っていて、すくって飲めそうだった。

岩と岩の間には、小さな滝のようなものが出来ていて、目を凝らしてみると、魚も泳いでいて釣竿を持ってくればよかったと後悔した。

平たい岩を見つけた夏雪は、その上に弁当を並べる。

今日はおにぎりやサンドイッチがメインで後は卵焼きに唐揚げ、キュウリなどハイキング用の弁当だった。

各々好きな物を取り、近くの岩に腰かけ食べ始める。

「作田の飯ならいくらでも食べられるな」

風太は片方におにぎり、もう片方にサンドイッチを持って、代わる代わる頬張っている。まるで祖母の好きな裸の大将のような風貌に、白いランニングシャツでも着てろよと突っ込みを入れたくなる。

「誰も取ったりしねぇから、ゆっくり食べろよな」

呆れて声を掛けると、風太は、

「絶対嘘だろ！　お前なら全部食べかねん！」と米粒を飛ばした。

「はぁ？」

「和泉は嘘つきだから、信じられないんだ！」

「何だよ、嘘つきって、俺がいつ嘘ついたよ！」

裸の大将に嘘つき呼ばわりされて黙ってはいられない。

「お前、この間からずっと嘘ついてるだろ！　大丈夫大丈夫って、全然大丈夫じゃないくせにさ！」

風太は言い切った後、フンと鼻息を飛ばした。

「はぁ？　何だよ、それ」

俺もフンと鼻息を飛ばすと、柊や月子、夏雪や花谷乃が俺を見ていた。

何だよ、みんなして、何で俺を見てるんだよ。

「あたしは！　田崎さんたちと縁を切ってすっきりした！　どうしてあんな人たちに固執してたのか、自分でも分からない！」

花谷乃は、突然大声で叫んだ。

急に人間の声が聞こえたからか、近くの木々から鳥が飛んで行くのが見えた。青い空に茶色い鳥が羽ばたいていく。

「何、お前、どうしたの？」

風太が驚いた顔をしている。

「王様の耳はロバの耳って知らない？」

「……聞いた事はあるけど、詳しくは知らない」

「王様の耳がロバの耳だってことを知っている床屋さんが、口止めされた苦しさから森に穴を掘って秘密を叫ぶって話よ」

月子が花谷乃の代わりに簡潔に説明する。

「そう。穴の代わりに川で、あたしはあたしの秘密を叫んだの」

エッヘンと言いたげに、花谷乃は得意げな顔をしている。

そんな花谷乃を見ていた夏雪が今度は立ち上がる。

「お母さんごめんなさい！　私、東大にはいきません！　私、看護師さんになりたいの！　小児科の看護師さんになりたい！　そして入院している子供たちに私のピアノを聞かせるの！」

夏雪のか細い声は、小さな滝の水しぶきに負けそうだった。だけどそれでも、周りにいる皆には聞こえていた。

「それが夏雪ちゃんの秘密？」

花谷乃が聞くと、

「うん。誰にも言ってない秘密」

夏雪は恥ずかしそうに頷いた。

「なぁ、そのロバ耳の話って、最後どうなるの？」

「穴に叫んでいたはずなのに、回り回って、町の皆に王様の秘密がバレちゃうんだ。王様は、床屋さんを秘密をバラしたって怒るんだけど、最終的にはそれを許すって話さ」

風太の問いに、今度は柊が説明した。

「そっか……許されるんだ」

風太は呟くと立ち上がる。

「俺は！　すんげぇ性格悪いかもしんねぇけど！　渡部がお化けを見て悲鳴を上げた時、実はいい気味だって思った！　ざまぁみろって思った！」

事情の分からない夏雪はぽかんとしているが、他の奴らはクスクスと笑っていた。

「あれは、確かにざまぁみろよね」

月子は、あの時を思い出したのか、アンニュイな顔つきになり微笑んだ。花谷乃は夏雪にお化け大作戦の話を耳打ちする。

続いて月子が立ち上がる。

「私は今が楽しい。こんなに楽しいのは学校に入ってから初めてで、皆と同じクラスになれて良かった」

一同が呆気にとられる。

「何それ、月ちゃんの秘密ってそれなの？」

花谷乃が聞くと、月子はクールに頷いた。

夏雪が勉強の為に学校に来ないと知った時、一番に理解を示したのは、月子だった。

もしかしたら、学校に来ていても、月子はずっと一人ぼっちだったのかもしれない。

だからあのファミレスで、『それでいいのかしら』そう言ったのだろう。

残ったのは、俺と柊だけだった。柊が立ち上がろうとしたのを、俺は手で制し立ち上がる。最後になりたくなかったからだ。

「何で！　何で大切な人はいつも俺を置いていくんだよ！」

皆の視線が痛いほど突き刺さっていた。

「何で死んじまうんだよ！　何で俺を一人にするんだよ！　一人にすんじゃねぇぞ！くそったれ！」

顔を伏せ、その場に崩れ落ちた。涙が頬を流れ、喉も詰まり、その後の言葉が出なかった。

大丈夫なんかじゃない。俺は全然大丈夫なんかじゃない。ただ、俺は我慢していただけなんだ。

母さんがいなくなって、寂しくて悲しくて、置いていかないでくれって、ずっとずっと思っていた。だけど、声に出すのが怖くて言えなかった。声に出してしまえば、その全てが、母さんが死んでしまったのが、本当だと認めてしまうから。

泣き崩れる俺の横に誰かが立つのが見えた。履き古したスニーカーには見覚えがあった。

「僕は！　絶対に和泉を一人にしない！」

顔を上げると、柊が俺を見ていた。

「絶対にしないからな」

スマイル王子でもなく、スマイル無表情でもなく、その顔にはいつもと違う笑顔があった。

「一ノ瀬〜それがお前の秘密なのかよ〜もっと色々あるだろ〜」

「そうだそうだ！」

文句を言う風太や花谷乃の声が聞こえる。だけど、こいつらが俺の為にわざと戯けてくれているのに俺は気付いていた。


その日の夜、オヤジに電話した。母さんが亡くなった事、修学旅行の代わりの旅行を報告する為だった。

午前二時になり、コール音が一回鳴っただけで電話は繋がった。

「もしもし？」

『今日は何日だ？』

お決まりのセリフだ。

「六月七日」

『そうか……』

「あのさ……知ってると思うけど、五月二十日に母さん死んだから」

電話の向こうが静かになった。でもオヤジは知っていたはずだ。母さんが死んでしまうという事を。

「でも、俺、最後の最後に会って話したから。思ったほどダメージはないかな」

『あぁ……』

どちらかというと、母さんが死んだと聞いて、オヤジの方がダメージを受けているようだ。

「もしかして、母さんと話、しなかったのか？」

オヤジが黙ってしまった。でも、それが答えだった。

「なんか、悪いな」

『何でお前が謝るんだよ。お前は俺だし、俺はお前だし……ってよく分かんないけど』

「でも、最後に会った記憶、あんたの中じゃ更新されないんだろ？」

『あぁ、そうだな』

それ以降オヤジの話が続かないので、俺が続ける。

「俺たち、今日、皆で修学旅行の代わりの旅に行ったんだ。安曇野だから近いんだけど、行って良かったわ。あんたの言う通り仲間になったたって感じがした」

俺は、あの川で、ロバ耳の叫びを聞いて、柊以外の他人を初めて信じてみようって、思った。

あの叫びは、他の誰でもない。皆が俺の為にやってくれたって分かっていたからだ。

電話の向こうのオヤジはそれでも何も話さなかった。

「もしもし？　聞いてるか？　あんたが仲良くなれって言ったんだぞ。そろそろ七月七日に向けてあいつらに柊の事故のこと話してもいいよな？　この電話や、あんたのこと話してもいいよな？　このままだと直ぐ七月七日になっちまうし、早く調べないと」

『もしかしたら』

「え？　何だって？」

オヤジの声が掠れている。

『もしかしたら……仲間の中に、柊の事故に関係してる奴がいるかもしれない。そいつが仕組んだのかもしれないんだ』

オヤジの言葉を理解するのに数秒かかった。

ちょっと待ってくれ、それって仲間の中に犯人がいるって言いたいのか？　何だよそれ、嘘だろ、だって今日、あんなに皆笑ってたのに。

あんたが、仲良くなれって、仲間になれって、言ったのに。

「どういうことだよ！」

電話は、そこで突如切れた。携帯電話の時計は午前二時八分を指していた。

11

八回目の七月七日を迎えた。

唸り声をあげ、起き上がるとカーテンを開ける。空は薄暗い雲に覆われ、雨がシトシトと降り続けていた。

「和泉君、そろそろ起きたら？　もうすぐ時間よ」

ノックと共に柊の母親の声が聞こえた。

「今、行きます」

喪服に着替えようと、ふとベッドを見ると、携帯電話の横に数学のノートが置いてあった。

手に取り、パラパラとノートを捲る。日付を確認する為だった。あの文字が書いてあったのは、六月十四日だったはずだ。

昨日の電話で、五月六日と言っていたから、このノートに書きこまれるのに後一か月近くあるはずだ。
だが、あのメッセージが書かれているページを見た時だった。以前より文字が増えているのに気付いた。

『七月七日　ペトリコール　注意　約束　月子　風太』

確か、以前このノートを見た時は、月子と風太の名前は無かったはずだ。
なのに、どうして……。
過去が変わったから、だから文字が増えた？
だけど、どうして、月子と風太の名前が増えたんだ。
もしかして、柊の事故と何か関係があるのか？
やっぱり、風太は何かを知ってるのか？
昨日は結局、風太と何も話せず、そのまま柊の部屋に戻り眠ってしまった。
そしてまた七月七日に戻ってしまったから、風太の記憶もリセットされているだろう。
だけど、風太が何かを知っているのには変わりないはずだ。
急いで喪服に着替え、階段を下りていく。そして一階のリビングに顔を出した時だった。ソファに座る月子を見つけた。

真っ黒な髪を一つに結び、喪服を着ている。薄い化粧だが、それでも鼻筋の通った顔は彼女を華やかに見せた。

「久しぶりね」

昔と変わらない低音の声に、頬がピクリと動く。

「来たんだ。来ないって言ってたのに」

「あれ？　そうなの？」

「仕事、忙しいの？」

同じく喪服を着ている花谷乃や夏雪が月子に声を掛ける。

「仕事は忙しいけど、私も伺うって言わなかった？」

月子は東京で弁護士として働いている。

俺は風太や月子とは年に一度のペースで連絡をしていた。会ってはいなかったが、月子と繋がるその連絡が嬉しいのも事実だった。

「いや、ごめん。そうだったな」

俺の記憶では月子は仕事が忙しくて都合がつかないと言っていたのだが、過去で何かが変わった為、来ることになったのだろう。他のやつらと同じだ。

十三時になり、住職が来ると、柊の十三回忌が執り行われた。

雨はまだ降っていて、そのせいか七月だというのに肌寒かった。

法要が終わり、仏間では、一ノ瀬家の親戚たちが宴会をはじめたので、俺たちはリビングでひっそりと小さな宴会をした。

「そうだ、これ覚えてる？」

花谷乃は、鞄からピンク色のトンボ玉のキーホルダーを取り出す。

「あぁ！　それ！」

夏雪も鞄から鍵付きのキーホルダーを取り出す。オレンジ色のトンボ玉がついていた。

「俺も持ってるよ」

風太はポケットからスマホを取り出し、見せる。スマホのストラップの先に黄色のトンボ玉がついていた。

「私もあるわよ」

月子もポケットから鍵付きのキーホルダーを取り出す。紫色のトンボ玉がついていた。

皆の視線が俺に集まったのが分かった。何の事なのか、俺には分からなかった。きっと俺の知らないところで、仲間たちで買ったものなのだろう。だが、ふと思い立ち、ポケットをまさぐると鍵を見つけ取り出す。キーホルダーに昨日まではついていなかった水色のトンボ玉がついていた。

「安曇野のトンボ玉のあのお店、まだあるかな」

「林が、突然、皆でお揃いにしよう！　って言うんだもんな。女子ってお揃いとか好きだよなぁ」

「何よ、麻生君だって、あの時、喜んでたじゃない」

風太が花谷乃にやり込められている。

「修学旅行、行かなくて正解だったよね。安曇野の旅行の方が何倍も楽しかった」

「皆がいたからだろ？」

「それは、もちろんそうだけど」

どうやら、このトンボ玉は修学旅行の代わりに行った安曇野で、皆で揃いで買ったものらしい。

俺の記憶では、安曇野へ行ったのは俺と柊だけだったが、何かが変わって皆で行ったようだ。

その後は、出前の夕飯を皆で食べ、夏雪と花谷乃は実家へ、月子は東京へと帰って行った。残された俺と風太は、前回までと同様に柊の父親と酒を飲んだ。

午前○時になり、まだ飲み足りない風太と柊の父親を置いて、俺は二階の柊の部屋へと戻った。

すぐさま、柊の遺品が入っていた段ボールをクローゼットから取り出し、中を見た。

そこに、先日は無かったトンボ玉を見つけた。緑色のトンボ玉。柊も確かに安曇野へ行ったのだ。

少しずつ変わっていく現実が嬉しい反面、自分の知らない柊との思い出があるのかと思うと、悔しい気持ちがあるのも確かだった。

ベッドに腰かけ、携帯電話を見る。今日は電話が来るだろうか。

それとも、俺からこの安曇野の話を聞くべきだろうか。それに風太の件もある。

電話をかけるのを迷っている時だった。背景に何か足りないのに気付いた。

あれ？　何だ？　何かが足りない……。今朝と何かが……そうか、ノートが無いんだ。

いつも枕元には携帯電話とノートが置いてあった。

何度七月七日を繰り返しても、その二つだけは異空間のように変わらずそこに置いてあったのだ。

でも、おかしいな。朝、ノートを見た後、ここに戻したはずなのに。

辺りを見渡す。だけど、柊のノートは見当たらなかった。

クローゼットの中にある段ボールを見る。そこにもノートは無い。

今度はボストンバックの中を見た。着替えが入っているだけで、ノートは見つからない。

ノートがどこにも無い。何でだ。俺は絶対にここに置いていったはずだ。

過去が変わったから消えたのか？

いや、だったら朝に消えてなくなっているはずだ。俺は今日の朝、ここであのノートを見たんだ。

まさか……誰かが持っていったのか？

どうして？　どうしてあのノートを持っていくんだ？　あのメッセージ以外は、ただの数学のノートだ。公式や数字が書いてあるただの……あのノートに見られて困る事が書いてあったから？

まさか、あのメッセージ……。

今日、俺は法要中、風太をずっと観察していた。トイレに行く以外は目を離さなかった。十七歳の俺が言った事が気になっていたからだ。

だから風太がこの部屋に来たらすぐに分かる。階段を上れば分かる。風太はこの部屋に入ってない。ノートを持っていったのは、別のやつだ。

柊の両親？

でも、だったら、俺に声を掛けるはずだ。この部屋を俺が使っているのを知っているからだ。それに、二人はこの部屋に入っていない。親戚との対応に追われ、二階へ行く時間もなかったはずだ。

後は、月子、夏雪、花谷乃の三人になる。

だけど、今までずっと置いてあったのに、何で今回に限ってノートを持っていったんだ？

前回と今回で違う事と言えば、トンボ玉と月子が来た事ぐらいだ。

月子……。いや、嘘だ。まさか、月子があのノートを持っていったっていうのか？

確かに、あのノートには、月子の名前もあった。だけど風太の名前も書いてあったじゃないか。

どういう事なんだ。何で、あのノートを……。

その時だった、携帯電話の着信音が鳴った。ふと時計を見ると、いつの間にか午前二時になっていて、慌てて電話を取る。

『もしもし？』

「今日は何日だ？」

『六月七日』

「そうか……」

もうそんなに経っているのか、七月七日まで後一か月しかない。

『あのさ……知ってると思うけど。五月二十日に母さん死んだから』

突然言われ、声が出なかった。

『でも、俺、最後の最後に会って話したから。思ったほどダメージはないかな』

「あぁ……」

『もしかして、母さんと話、しなかったのか?』

電話の向こうの十七歳の俺は母さんに会いに行ったと、昨日の電話でそう話していた。

『なんか、悪いな』

「何でお前が謝るんだよ。お前は俺だし、俺はお前だし……ってよく分かんないけど」

『でも、最後に会った記憶、あんたの中じゃ更新されないんだろ?』

「あぁ、そうだな」

確かにこいつの言う通り、俺の中での母さんとの最後は、高校の入学時に話した時のものだ。

青白い母さんが怖くて、そして何でこんな寂しい思いをしなくちゃいけないんだって、恨んでいた俺は母さんの手を振り払ってしまったのだ。

謝らなければいけないのに、俺は結局謝れず、そのまま母さんの最期を迎えた。

『俺たち、今日、皆で修学旅行の代わりの旅に行ったんだ。安曇野だから近いんだけど、行って良かったわ。あんたの言う通り仲間になったって感じがした』

今日、花谷乃たちから聞いた事をこいつは言っているのだ。そして俺たちは安曇野でお揃いのトンボ玉を買い、今でも大事にそれを使っている。

だけど……もしかしたら……もしかしたら……。

『もしもし? 聞いてるか? あんたが仲良くなれって言ったんだぞ。そろそろ七月七日に向けてあいつらに柊の事故のこと話してもいいよな？　この電話や、あんたのこと話してもいいよな？　このままだと直ぐ七月七日になっちまうし』

「もしかしたら」

『え？　何だって？』

「もしかしたら……仲間の中に、柊の事故に関係してるやつがいるかもしれない。そいつが仕組んだのかもしれないんだ」

ノートを持っていく理由は、それ以外考えられない。

あの中の誰かが持っていったとしか考えられない。

『どういうことだよ！』

電話が突如切れた。時計は午前二時八分を指していた。


九回目の七月七日を迎えた。

唸り声をあげ起き上がると、枕元の携帯電話の横にノートが置いてあった。

再び七月七日に戻ったからノートも戻ったのだろう。

手に取りノートを捲る。そして六月十四日のページを見た時だった。昨日見た時よりも文字が増えているのに気付いた。

『七月七日　ペトリコール　注意　約束　月子　風太　花谷乃　夏雪』

目をつむり、頭を抱える。どういう事なんだ。これは風太や月子が事故に関係しているって事じゃなかったのか？　何で全員の名前が書いてあるんだ？

「和泉君、そろそろ起きたら？　もうすぐ時間よ」

ノックと共に柊の母親の声が聞こえた。

「今、行きます」

喪服に着替え、ノートを手に取ると腹に隠し、一階へ下りた。今日はこのノートを手放す訳にはいかないからだ。

リビングへ行くと、ソファに月子がいた。

「久しぶりね」

昨日と変わらない挨拶をし、俺は、「久しぶり」と返す。

月子の横には花谷乃が座っており、その向かいには、風太と夏雪が座っていた。

外では雨が降り続いていて、シトシトと音が聞こえる。

この中に、ノートを持っていったやつがいるのだ。

腹にそっと触れる。ノートはズボンとシャツの間に挟んで落ちないようにしてある。

一体、誰なんだ。何故、持っていったんだ。

柊と事故当時に約束していたのが自分だから、それを知られたくなくて持っていったのか？

あの日、俺たちは文化祭の振替休日で学校が休みだった。俺はバイトの時間までダラダラしようと部屋で過ごしていた。前日に柊から話があると言われていたので、もしかしたら柊が来るかもしれないとも思っていた。だが結局、連絡が来たのは柊からではなく柊の母親からだった。柊が事故に遭ったと。俺は急いで病院に向かったが、着いた時には既に柊は息を引き取った後だった。

泣き叫ぶ俺の横に、同じ様に泣いているあいつらの姿があったのは今も覚えている。だけど、その日、その中の誰かが柊と約束をしていたのだろうか。約束だけをしていたなら、別に隠す必要もない。

ただ……隠すだけの何かがそいつにはあったのだろう。

そして、風太だ。十七歳の俺が見たものは何だったのか。こいつが何かを隠しているのは間違いないんだ。

「あ、いたいた和泉君、悪いんだけど、駅まで住職さんのことを迎えに行ってくれない？」

リビングの横にあるキッチンから慌てて柊の母親が出てきた。

「え？　俺ですか？」

今までにない展開に驚く。

「何かね、この雨でタクシーが捕まらないらしいのよ。うちのお父さん、お酒飲んじゃったし、頼めないかな？」

「えっと、俺は……いえ、分かりました」

ソファの方を振り返り、「悪い、ちょっと行ってくるわ」そう言い、リビングを出た。

ノートは俺が持っているんだ。取られる心配はない。風太に一緒に来てもらう手もあったが、何かのはずみで腹に挟んであるノートを見られないとも限らない。

だから俺は一人で向かった。

車に乗り込み、駅で住職をピックアップすると、急いで柊の家へと戻った。

前回同様に、法要が終わると俺たちは夕飯を食べ、月子たちを見送る。

花谷乃と夏雪はこのまま実家へ泊まるという。月子は東京に戻る為、駅に向かう。

二台停まるタクシーの前の車に、花谷乃と夏雪が乗り込み、それを風太が見送った。

俺は傘を差し、後ろの車の月子を見送る。後部座席に座る月子は、窓を開け、俺を見上げていた。

まだ雨が降っているせいで、窓や傘に何度もポタリポタリと滴が落ちた。

「たまには東京で会おうぜ」

「うん。そうね」

月子の低音ボイスが遠慮気味に返事をした。

「あのさ」

「うん」

「……柊の事なんだけど」

柊の名前を出した途端、月子の声が聞こえなくなった。

「もしかして、柊と吉野の間に、俺の知らない思い出とかってあったりする？」

月子は、俺の声を聞いても何も言わなかった。ただ目を伏せただけだった。

前のタクシーが出発し、それを合図にタクシーの運転手が「いいですか？」と聞いてくる。

月子は、伏せていた目を俺に向けると、

「もちろんあるわよ」そう言い、窓を閉めた。


その後、今まで同様、風太と柊の父親と酒を酌み交わした。

だけど、その間も、月子の事で頭がいっぱいだった。

『もちろんあるわよ』

彼女と柊の間に何があったというのだろう。

それに、風太と柊の間にも何かあったはずだ。

ふと、横を見ると、風太は柊の父親と泣きながら柊の幼少期のアルバムを見ていた。

「あいつは昔から何でも出来たんだ」

柊の父親の話に風太は泣きながら頷いている。

今、ノートは、俺の腹に挟まっている。誰にも取られていない。今朝、このノートを見た時、昨日無かった言葉が増えていた。

『七月七日　ペトリコール　注意　約束　月子　風太　花谷乃　夏雪』

多分、俺が知っている過去と何かが変わった為に言葉が増えたのだろう。

あれ？　ちょっと待ってくれ。という事は、俺が初めてノートを見た時に書いてあった、『七月七日、ペトリコール　注意　約束』って言葉も、元々はここに書かれていなかった事もあり得るのか？

まさか……俺があの不思議な電話を取ったから、あの言葉がノートに？

午前〇時になり、柊の部屋へと向かった。

今日も電話がかかってくるのが分かっていた。昨日電話が途中で切れたので、続きを聞く為だ。

俺も俺で聞きたい事があった。確かめたい事があった。

階段を上り、柊の部屋に入った時だった。昨日同様に、今までと背景が違うのが分かった。

何だ、今度は何だ。何かが違う。朝と何かが違う。

辺りを見渡し、間違い探しをするように今までと違う何かを必死に探した。そして見つけた。

「嘘だろ」

思わず声が出ていた。

ベッドの脇で充電をしていたはずの携帯電話が無くなっていたのだ。

12

「後二週間もしないうちにテストが始まるが、皆準備は大丈夫なんだろうな」

ホームルーム中、教壇に立つ担任がへらへらしている生徒たちを脅した。だがこんな脅しには屈しない精神力が高校三年生には既に備わっている。

「あったり前じゃないですかぁ」

戯けた生徒の声を聞き、担任は「ったく、どうしようもないな」としかめっ面をした。

俺はそんな一部始終を真ん中の列一番後ろの席で腕を組んで聞きながら、半分は別の事を考えていた。

あれから何度電話をしても、オヤジには繋がらなかった。

オヤジは、仲間の中に事故を仕組んだ奴がいるかもしれない、と言っていた。だけどそんなこと、到底信じられる訳がなかった。

それとなく、隣の席の花谷乃と斜め前に座る夏雪を見る。

このＫＫコンビは馬が合うようで、授業外はいつも一緒にいた。トイレに行くのも弁当を食べるのも一緒だし、帰宅も一緒だった。放課後、学校まで迎えに来る夏雪の母親の車に花谷乃も乗せてもらい、駅まで送ってもらう事もある様だ。夏雪は塾に、花谷乃はピアノ教室に通い始めた為だ。

休日は休日で花谷乃が夏雪の自宅に遊びに行って、二人でピアノのセッションもしている様だ。前はあんなに殺風景だった庭に、今は花が咲き始めているの、と花谷乃が教えてくれた。

こんなにも穏やかな空気が流れるＫＫコンビが柊を陥れるなんて到底思えないし、そんな作戦を考えられるとも思えない。神テンの夏雪なら入り組んだ作戦を考えられるかもしれないが、つい最近まで引きこもりだった奴にそんな事出来るのだろうか。というか夏雪が柊の死を事故に見せかける動機が見つけられない。

「テストが終われば、文化祭もあるわけだし、それを目標にテストを頑張るって事でな？　お前ら、気合い入れろよ」

担任は脅すのをやめ、発破をかけ始めた。

俺は、廊下側の一番前の席を見た。風太は担任の話をへいへいへいそーでござんすか、という気の抜けた顔で聞いていた。あの顔じゃ、テスト範囲も分かっちゃいないだろう。

先日、あいつと後輩の渡部、そして掛井が一緒にいるのを見かけた。

多分、地下道に行ったに違いない。駅の地下道は俗にいう不良の溜まり場になっていて、あいつらの歩いていく方向がそうだったからだ。

渡部、掛井、風太は、不良たちを巻き込んで柊を陥れようとしているのだろうか。でも、もしそうならば、一体なぜ？

ただ、オヤジが言っていた『仲間の中に』というのを考えると、風太が一番怪しいのは確かだった。

ホームルームが終わると、柊や月子は二人で生徒会室に向かい、ＫＫコンビは塾とピアノ教室に行くため二人仲良く帰っていった。俺もバイトがあるからと言い、そそくさと校舎を出たが、自転車を取りに行くと、門の裏手で風太を待ち伏せした。

風太は、部活を辞めてから暇を持て余していて、俺のバイトが無い放課後は、たまにつるんで釣りやビリヤードに明け暮れた。でも俺がバイトをしている時のあいつの行動は知らない。その間に渡部や掛井とつるみ、何かを企んでいるのかもしれない。

校門から風太が出てくると、自転車に乗り、見つからないよう後をつけた。

風太の自宅は学校から歩いて十分程だ。近いのをいいことに寝坊出来ると自慢していて、予鈴が鳴った時にダッシュでやってくることもある。

風太の自宅は、一般的な二階建ての一軒家で父親は食品会社のサラリーマン、母親は主婦と聞いているから、自宅に母親がいるのかもしれない。

風太は元気いっぱいに「ただいま！」と玄関を入って行った。

このまま、自宅にいてくれたらいいのだけど、まだ午後四時前だ。健全な高校生男子がこんな時間から自宅にいるなんて、テスト前だからあり得なくはないが、風太が二週間も前から勉強するとは思えなかった。だから、外に出かける可能性もあるだろう。ただ、出てこないでくれ、そう願わずにいられなかった。

直接、風太に掛井や渡部の事を聞けばいいのかもしれない。

だけど、現行犯じゃないと惚けられるとも限らない。それに、仲間を疑う事に躊躇いがあるのも確かだった。

風太と渡部はバスケ部の先輩後輩としての接点はあったが、風太が部活を辞めてから接点はないはずだ。それにあいつは風太を骨折させた張本人だ。そんな奴と風太が仲良くなるわけない。という事は、掛井と渡部が知り合いなのだろうか？

だが、先日あいつらを見かけた時、渡部は一歩下がって気まずそうな顔をしていて、風太が前を歩く掛井に話しかけていたのだ。という事は、風太と掛井が知り合いという事になるのだろう。

チンピラに成り下がった掛井と一体、どこで知り合ったんだ。俺の知らない風太の裏の顔があるのだろうか？

「じゃあ、行ってくるわ」

自宅に帰ってから三十分も経たないうちに、風太は再び家を出てきた。慌てて物陰に隠れる。風太は制服から私服に着替え、リュックを背負っている。そして家の駐車場に停めてあった自転車に跨がり国道に向かった。

ふぅとため息をつく。どうやら俺の願いは届いていないようだ。このまま自宅にいて欲しかったのだが。

自転車に乗り、風太の後に続く。ものの数分で国道に出た。そして学校とは反対の駅方面に自転車を走らせる。

この国道を二十分も走れば駅前に着く。もしかしてこれから掛井に会いに行くのだろうか。

だけど、風太の自転車が向かったのは国道沿いにある大型スーパーだった。正面入り口に自転車を停めると、風太は店内に入っていく。俺も離れた場所に自転車を停めると、店内を窺いながら入った。

ここのスーパーは、一階の北側のフードコートにコーヒーショップや、アイスクリーム屋、ファーストフード店などがあり、生徒の溜まり場になっている。駅の地下道で待ち合わせをしているのではなく、ここで掛井に会うつもりなのだろうか。

陳列棚に隠れながら風太の後を追う。だけど、風太はフードコートには目もくれず、買い物カゴを手に持つと、何度も来た事があるのだろう、迷いもなく次々に商品をカゴに入れていった。

どういうことなんだ？

これから、あの商品を持って掛井に会いに行くのか？

でも、風太がカゴにいれているのは、小麦粉だったりチョコレートだったり生クリームだったりバターだったり、主婦が買いそうなものだ。これから誰かに会ってパーティーを開くには違和感がある商品ばかりだ。

風太は、全ての買い物が終わったのか、カゴをレジに持っていくと、会計を済ませ背負っているリュックサックに入れてスーパーを出た。そして自転車に乗ると、今来た道を戻って行ったのだ。

俺は、その全てを後ろから探偵の様に見ていた。道行く人は俺を不思議そうな顔で見ていたが、風太は鈍感だからか気付くことはなく、何の疑いもなく自転車を運転していた。そして自宅に着くと、学校帰りと同じように、「ただいま！」と元気よく挨拶し、玄関の中に消えた。

何なんだ一体。もしかして、ただ母親の手伝いをしただけか？

いや、まだ分からない。不良というのは夜行動するっていうじゃないか、この間も午後十時頃に見かけたわけだし。

とにかく俺はその後も家の様子を見張っていた。その間、風太の「焦げ臭い！」「うわ、なんだよ膨らみすぎ！」の声が聞こえただけで、外に出てくる気配は一切なかった。そして午後十一時を回った時、もう動きがないと判断し、俺は風太の自宅を後にした。

風太が何の為に買い物をしていたのか、それを知ったのは、翌日だった。

朝、学校にやってくるなり風太は、

「お前ら、甘いの好きだろ！」と言い、紙袋を掲げたのだ。

「なになに、どうしたの？」

「もちろん好きよ」

「大好物！」

花谷乃、夏雪、月子のチーム女子は風太の言葉に即座に反応し、風太の周りに集まる。

もちろん俺も柊も甘いのは大好きなので当たり前だろ、という顔をした。

「そうだと思って作ってきたんだよ！」

ぎゃははと笑いながら風太は紙袋からシュークリームを取り出すと、皆に一つずつ手渡して歩いた。

「俺よ、今、お菓子作りに興味あってさ、最近ようやく人に食べてもらえるぐらい上達したんだぁ」

シュークリームが行き渡ると、全員が声を合わせて「いただきま～す」と食べた。

「どうだ、どうだ？」

ワクワクした顔をしながら風太は皆の顔色を見る。

花谷乃は目を見開き、月子なんか口の周りにクリームがついてもおかまいなしにもぐもぐ、はぐはぐと食べ続けた。

「甘すぎないし、皮の部分もモチっとしてて美味しいよ」柊は得意の分析を発表。

「シュークリームって難しいのに、麻生君、すごいね」料理に詳しい夏雪は褒め殺しをした。

風太は、「だろ！　そうだろ！」と感激し、「また次も作ってくるわ！」と約束した。

そして、俺はというと、風太を疑ったのが申し訳なくて、黙ってシュークリームを頬張っていた。

俺が疑っている間に、こいつは皆の為にお菓子作りをしていたんだ。

そんな奴が、仲間を、柊を陥れようなんて考えるか？　そんな訳ないだろ。

だけど、そうなると、掛井と渡部と一緒にいた説明はどうなる。もしかして、本当に、ただの友人関係か何かなのだろうか？

掛井と風太が？　まさかあんなチンピラと風太が友人な訳ないよな。どう考えても接点が見つけられない。

「あぁ、美味しい」

月子の低音ボイスが聞こえ、振り返った。月子の口にはまだクリームがついていて、クールな表情とのギャップが面白くて思わず笑ってしまった。

「月ちゃん、口にクリームついてる」

花谷乃が声を掛け、月子はようやく口を拭った。

そうか、そうなると……夏雪でもなく、花谷乃でもなく、風太でもない場合、後、残るのは、月子しかいなくなる。

「だってさぁ、俺、暇じゃん。他の皆はやれ生徒会だ、やれ習い事だ、やれバイトだって忙しくてさ」

「だったら、テスト勉強したら？　もうすぐ試験よ」

クリームを拭った月子の表情は普段のクールビューティーに戻り、的確なアドバイスを告げる。

「勉強ねぇ、勉強かぁ、勉強ってさ、どうも分かんないとこあると、そのままヤル気無くしちまうんだよなぁ」

「分かる分かる、あんたあたしに解かせる気ないでしょ！　って思っちゃう」

花谷乃は風太の気持ちが分かるのか、同調する。ちなみに俺もこの二人の気持ちは痛いほど分かるのだが。

「だったら、皆でやるのはどう？　その方が分かりやすいんじゃないかな？」

神様、いや、柊様の天の声が響き、風太だけじゃなく、花谷乃も俺もすぐさま手を合わせ拝んだのは言わずもがなだ。


「皆頑張ってね、おばあちゃん応援してるから」

テストの一週間前の放課後、仲間が俺の家に集まった。何で俺の家になったのかというと、祖母が皆を呼ぶように言ったからだ。母さんの葬式の時に世話になったから、こういう時ぐらいは、という意味らしい。

祖母はブドウと飲み物を置いて、早々に部屋を出た。

俺の部屋は仏間なので、部屋の隅に祖先の写真や遺影などがある。そこには母さんの遺影もあって、皆もそれに気付いているはずなのに、誰もその事には触れなかった。

部屋の真ん中、一畳はありそうな大きなテーブルを、花谷乃と柊、風太と夏雪が囲み、俺と月子は部屋の隅にある机で勉強を始める。

「後一週間で頭に入るかな」

花谷乃が教科書片手にぶつぶつと文句を言うと、

「テストっていうのは、過去問から作るのが殆どだから、それを徹底的に覚えればいいんだよ」

神様のお告げ、いや、柊様のお告げが聞こえた。

「だけど、それを覚えるっていうのが大変なんじゃんか」

今度は風太がぶつぶつと文句を言っている。

「でも、反対にそれだけを覚えるって考えると簡単じゃないかな？」

天使のような囁きは、夏雪だ。

「とにかく、神テンに従えば何も怖くないって事だな」

「そうよ、この議論の時間が無駄って事」

俺の声に、月子が相変わらずクールに答えた。

風太の後、それとなく月子を観察した。月子は生徒会の役員会がない時は隣の市にある塾に通っている。そこも柊が通う塾同様、進学塾で有名なところで、塾内でも月子の成績は常に上位らしい。そしてその塾を終えると地元の駅まで電車で戻り、迎えに来た親の車で自宅まで帰る。午後十一時には自宅に戻るのだが、その後も午前二時まで復習と予習をし、一日が終わる。

休日も殆ど変わりはない。塾に通い、復習予習に勤しむ。だから家を出ることは塾以外殆どなかった。

月子の日常にどこにも疑う要素が見当たらなかった。学校でだってそうだ。生徒会の会議を覗き込んだが、柊とは、会長、副会長として以外の会話は殆どない。教室でだって二人の間に殆ど会話はない。

そんな月子が柊を事故に見せかけてまで陥れるとは思えないし、動機も見つけられなかった。

あれから何度も何度もオヤジに連絡したが、電話は繋がらなかった。

『仲間の中に事故に関係してるやつがいるかもしれない』

どうしてそういう結論になったのか聞きたかった。そして仲間の中に、あの事故に関わっていそうな人間はいないと伝えたかった。

午後十時になり、風太は夏雪を、柊は花谷乃を、俺は月子を自宅まで送る事になった。

夏に向かう夜の空気は生暖くて、ペトリコール以上に不思議な気持ちにさせられた。

それに月子は相変わらず二人きりになると殆ど話さなくなった。

夜の静かな道を二人でてくてくと歩いていく。

何か話さないと、何か……。

「吉野って、食べ物何が好物なんだ?」

俺、一体、何を聞いてるのだろう。

ってか、俺ってこんなに女子と話すの苦手だったか?

花谷乃や夏雪の前ではこんなふうになった事ないのに。まるで部下が上司と二人きりで飲みに行くような変な緊張感が漂っている。もちろんこの場合、俺が部下なのだが。

「パンケーキ」

突如言われ、頭の中がはてなでいっぱいになる。

「特にイチゴ」

あ、そうか、俺は好きな食べ物は何か聞いたんだった。だけど、パンケーキって。しかもイチゴが好きなんだ……。

何だかおかしくなって、プッと吹き出してしまった。

「テスト終わったら、食べに行かないか？　俺、奢るぜ。勉強教えてもらったお礼にさ」

まるでデートの誘いの様だな、と言った後に気付いた。

なんだか照れてしまい、頭をポリポリと掻く。しかも、月子からの返答が無く、気まずい空気が流れていた。

様子が気になって横にいる月子を見ると、月子も月子で俺の顔をジッと見ていた。穴が開きそうなぐらい見つめられ、何だか照れてしまう。

「お、お礼だから。変な意味はないからな」

「似てるのね、目元が特に」

ん？　似てる？　え？　何に？　パンケーキに？

説明の少ない月子の言葉を分析する。合唱祭の時も学校の玄関で、遠まわしのよく分からない事を言われたけど、あれはあれで月子なりの励ましなのだと分かった。だから今回も……。あぁそうか。

「母さんと俺？」

「うん」

俺の机の上には、母さんとの写真が飾ってある。見舞いに行った時に柊が撮ってくれたもので、わざわざ現像して写真立てに入れたものをプレゼントしてくれた。家族写真が一枚もなかったから素直に受け取ったけど、月子は勉強している時に、その写真を見たのだろう。そして俺と母さんの目元が似ていると言ってくれたのだ。

「そうだな。目は母さんに似てるかも。後は父さん似かな」

「身長が高いのも？」

「うん、父さん似。父さんはもっとデカかったみたいだから、俺ももっと伸びるかも。足のサイズもデカいしさ」

「運動神経がいいのは？」

「ん～。どうだろ、多分父さんだと思う」

先程までの、部下と上司の関係が、一気に同期の飲み会にまでレベルアップしたようで、それから俺たちは月子の家まで話し続けた。

「吉野さんのこと気になるの？」

翌日、数学の授業が終わった後、ついつい窓際にいる月子を目で追っていると、柊に突然声を掛けられた。

「な、何の話だよ。俺は外を見てたんだよ、雨降らないかなって」

何も悪い事をしてるわけじゃないのに、まるでお菓子を盗み食いして見つかってしまった時の様にとぼけてしまった。

俺の言い訳が苦しかったのか、柊は俺をまじまじと見てきた。

「今日のノート、先生に提出する事になってるんだけど」

柊はスマイル無表情に戻って、手を差し伸べる。

変なさぐりを入れられたくなくて、俺は、

「はい、喜んで！」と、どこかの居酒屋のような戯けた返事をし、ノートを渡した。

ったく、自分はスマイル無表情のくせに、他人の表情の変化には敏感に気付くんだからよ。

深いため息をつくと、窓際から女子たちの笑い声が聞こえ、振り返る。

夏雪や花谷乃、そして月子が話しながら笑っていた。目が三日月の様になり、おかしくて仕方ないと大きく口を開けて笑っている。

月子ってあんな感じで笑うんだ。

その時、彼女の笑顔を初めて見た気がして、目を離せなかった。


神テンの活躍により、俺も花谷乃も風太もテストは順調に進んでいった。

風太なんか、「俺、東大目指せるかも」なんて興奮気味に言うもんだから皆に笑われていたけど、俺も俺で、天才になったかもと勘違いした程だった。

それほど、問題はスラスラ解けたし、知らない事を知るのがこんなに楽しいものなんだと気付かされた。だけど、それもこれも月子のおかげだと思い改めた。


「お昼ご飯でも行かない？」

テスト最終日だった。午前中で全てのテストが終わったので、柊が声を掛けてきた。

「あ、えっと、俺、ちょっと、えっと、バイトあるんだ」

「バイト？　テスト終わったばかりなのに？」

「あ、えっと、うん。ずっと休んでたから、店長から入って欲しいって言われてさ」

「ふ～ん。そっか、分かった。じゃあ、また今度行こう」

「今度、うん、また今度にしよう。じゃ、じゃあ俺行くわ」

急いで鞄に荷物を詰め、慌てて教室を出ていく。柊が何となくこっちを見ている気がしたけど、心の中でゴメンと手をついて謝った。

廊下を走り、正面玄関で下足に履き替えると、急いで駅に向かうバスに乗り込んだ。

「西岡君」

発車するバスの音と共に低音ボイスが聞こえ、俺は生徒の波をかき分けながら後ろの席までやってきた。

窓際の一人席に月子が座っていて、俺は真上の吊革を握る。

月子は俺を見上げている。長いまつ毛が頬に影を作っていた。

「先生の用事終わったの？　これだったら駅前で待ち合わせしなくてもよかったわね」

「そうだな、もう少し時間かかるかと思ったんだけど、すぐ終わったから」

実をいうと、そんな用事は無かった。ただ学校内で待ち合わせをすると色んな支障をきたすので、駅で待ち合わせをしたかったのだ。

「そうなの」

「なぁ吉野、本当にパンケーキだけでいいんだよな？　なんか欲しい物とかあったら言ってくれてもいいんだぜ。俺一応バイトしてるしさ。勉強教えてもらったお礼なんだし」

「いいのよ、私、パンケーキが好きなんだから。それに、テストの結果はまだ出てないでしょ。まだ分からないわ」

「俺は自信あるぜ」

「まぁ、私もあるんだけど」

彼女の自信溢れる声に、俺はニヤリとした顔を見せると、月子も口角をあげ微笑んだ。

「だけど、他の皆も来られたら良かったのに。皆、用事があったのよね？　一ノ瀬君もダメだったのよね？　生徒会はないはずだけど」

「うん。皆ダメだって。柊にも……忙しいって断られた」

「そう。それは残念ね」

バスは湖に沿って駅へと向かっていた。まだ昼になったばかりだけど、テストが終わった生徒で車内はいっぱいで「何して遊ぶ？」という話題でもちきりだった。

俺はその日、初めて、柊に嘘をついた。


午前二時を待って、オヤジに電話をかける。カタンという音が聞こえたかと思うとコール音が続いた。そして五コール目に電話を取る音が聞こえた。

「もしもし？　オヤジ？　何で今まで電話に出なかったんだよ！」

電話の向こうの音が聞こえない。

「もしもし、オヤジ？　聞こえないのか？」

やっぱり何も聞こえない。時計を見ると午前二時一分だった。オヤジに繋がっている時間帯だ。

「こっちは、二〇〇九年六月二十二日だ。テストが終わったばっか」

まだ、何も聞こえない。やっぱり何かあったんだ。

「もしかして、声が出せない環境にいたりする？　近くに誰かいたり？」

コツコツという音が聞こえてきた。

「そうか分かった。イエスなら二回、ノーなら一回で返事して」

コツコツというイエスの合図が鳴った。

「この間の、仲間の中に事故に関わる奴がいるって話だけど、あれってどういう意味なんだ？」

だけど、返答がなかった。

「あぁ、そうか、声が出せないのか。えっとじゃあ……この間、俺が見た風太の件と関係あったりするのか？」

それでも、返答がない。

「じゃあ、林か？　林花谷乃？」

返答がない。

「じゃあ、作田？　作田夏雪？」

返答がない。

「まさか、吉野……吉野月子？」

それでも返答がなかった。

「なぁ、イエスノーで返事しろって言ったのに、何でしないんだよ。二時七分までもう少ししかないんだぞ」

それでも返事はない。

「そういえば、そっちは全員集まったのか？　だから柊の事故をおこした奴がこの中にいるって分かったんだろ？　ってか、そんなんで、皆に七月七日の事故の話してもいいのか？　どうしたらいいんだ？　もう時間ないぞ。まぁ、あの中に関係してる奴がいるかもしれないって言われても、俺は信じられないんだけど、あのノートの事って嘘なんじゃねぇの？」

それでも返答はなかった。

「なぁ……もしかして、そっちで最後に来たのって吉野だったりする？　何か、高校生の頃の話したりしたか？」

やはり返答はない。

「俺、今日さ、テストが終わってから吉野と会ってたんだ。勉強教えてもらったお礼だったんだけど、二人で行きたかったから……だから柊に嘘ついたんだ。俺、吉野の事……」

電話はそこで切れた。

時間を確認すると、午前二時八分だった。

一体どうしたんだ。七月七日までもう少しだというのに。

13

目を覚ますと、ベッドの上だった。辺りを見渡すと見覚えのある部屋、明らかに柊の部屋だった。

慌てて、ベッドの横にあるスマホの日付を見る。

画面のカレンダーは、七月八日を表示していた。

ベッドの上で頭を抱え、大きく息を吐きだした。携帯電話が無くなったせいで、日付が更新されなくなったのだ。

どうして、どうしてあの携帯電話を持っていったんだ。

あの携帯電話は、契約がされていないから電話は使えない。俺と十七歳の俺が会話できるという以外に、何の意味もないものだ。

しかも、それを知っている人は誰一人いないはずだ。

そうか……持っていった者がいるという事は、それを知っているやつがいるって事だ。

あの中に、仲間の中に、俺が過去の自分と話し、柊を助けようとしているのを知っているやつがいるって事だ。

そして、そいつは、それを邪魔しようとしている。

俺は昨日、住職を迎えに行く為に家を空けた。ノートを取られる心配ばかりしていて、携帯電話にまで頭が回っていなかった。

俺が家にいない間、誰かがこの部屋に入り携帯電話を持っていった。やっぱり、風太なのだろうか。風太が柊との間の何かを隠しているのは分かっている。

その事で、柊を……。

いや、まさか、そんな、あいつが、そんな事……。

そういえば……どうしてあの時、俺だったんだ？　他のやつらでも良かったのに、何で俺が選ばれたんだ。もしかして……。

急いで着替えをし、一階へ下りると、風太は仏間で眠っていた。大いびきをかいているのを見ると、俺が二階に行ってからも飲んでいたのだろう。

「あら、もう起きたの？　もう少しゆっくりしてればいいのに」

振り返ると柊の母親がキッチンから出てくるところだった。柊の父親はまだ眠っているのか気配はなかった。

「朝ごはん、もう少しで出来るから、待っててね」

「あの、ちょっと聞きたい事があるんですが」

柊の母親は、キッチンへ向かう足を止める。

「聞きたい事？　どうしたの？」

「昨日、住職さん迎えに行く時、どうして俺を選んだんですか？　風太でもなく、他の誰でもなく、どうして俺を？」

昨日、住職を迎えに行く際、柊の母親は俺を名指ししていた。

誰か迎えに行ってくれない？　ではなく、俺に行ってくれないかと言っていた。その時は、近しい関係だから俺に頼んでいるのだと思った。でも、だったら風太でも良かったはずだ。それなのに、俺だったのだ。

「あぁ、月子ちゃんに言われ、言われたのよ」

思いがけない事を言われ、声が出なかった。

「初め、風太君にお願いしようと思ってたんだけど、月子ちゃんが風太君と話があるから、和泉君に頼んでほしいって、それで和泉君にお願いしたの」

月子が……。

『もちろんあるわよ』

頭の中に、突如、彼女の低音ボイスが響いた。

外では、昨日まで降っていた雨が止み、夏の訪れの合図である蟬がひっきりなしに鳴いていた。

昼の虎ノ門駅は混んでいた。

スーツ姿のサラリーマンや、ヒールを履いたOLなどで溢れている。ジーパン姿の場違いな男なんか俺ぐらいしかいない。

駅からほど近い地下のカフェで俺は月子を待っていた。

朝、柊の母親から話を聞いた後、すぐに風太を起こした。そして寝ぼけ眼の風太に、「昨日、月子と何か話をしたか」と聞いたが、風太はこれといった話は特にしていないと言ったのだ。

そうなると月子が柊の母親に言ったのは嘘になる。

風太が嘘をついているのかもしれない。だけど、それもこれも彼女に会えば解決するような気がした。

約束の時間から数分遅れて月子がやってきた。

紺色のタイトスカートに白いシャツを着ている。ヒールをコツコツと鳴らしながら急ぎ足でやってくる姿を見て、仕事の合間を縫ってやってきたのが分かった。

レジで注文後、コーヒーカップを片手に、俺の座る席へとやってくる。

「悪い、忙しいのに」

「うん。大丈夫」

言いたい事、聞きたい事があるはずなのに、俺はそれ以上、話し続けられなかった。

あの頃もそうだった。彼女を前にし、この低音ボイスを聞いてしまうと、どうしても言いたい事が言えなかった。

「何か聞きたい事があるんでしょ？」

「あぁ……」

「どうしたの？」

彼女の前では、どうしても臆病になってしまう。

だから俺は、目を伏せ、彼女の顔を見ないように、

「七月七日、何してた？」と聞いた。

俺の事をジッと見ているのだろう。顔を上げなくても気配でそれが分かった。

「いつの七月七日？」

彼女の低音ボイスが響いた時、伏せていた目を見開いて顔を上げた。

やはり、彼女は俺を見ていた。悲しそうな顔でもなく、寂しそうな顔でもない、あの頃と同じような無表情な顔で、ジッと俺を見ていた。

「昨日の七月七日？　それとも十二年前の七月七日？」

それは、俺が聞きたかった答えだった。何かを知っているからこそ言える答えだった。

「吉野が持っていったんだな……柊の携帯電話」

彼女は、気持ちを落ち着かせる為か、コーヒーを一口飲む。

俺は、その一挙一動を見逃さないように目を細めた。

「もしかして……午前二時の電話取ったか？　十七歳の俺と話をしたか？」

コーヒーカップをテーブルに置いた月子は、俺の顔をジッと見たかと思うと、鞄を探り、何かを取り出すと、俺の前に差し出した。

それは濃いブルー色をした柊の携帯電話だった。

だが、携帯電話の半分は割れていて、変な方向に曲がっている。見ただけでそれが使い物にならないのが分かった。

俺は、携帯電話から月子に目をやる。

「あの日、柊が死んだあの日、どこにいた？」

彼女は先ほどと一ミリも表情を変えず俺を見ている。

目を覚ました明日。俺はどこにいて、何をしているのだろうか。

14

テスト期間が終わると、すぐに文化祭の準備になった。一学期に行事が詰め込まれるのは、三年生の受験の為だ。（ちなみにテストの結果は、三十番も順位を上げた）

俺たちのクラスは、パンケーキ屋になった。一応皆で決めた事になっていたけど、どう考えても月子の意見が反映されているんじゃないかと思う。熱の入れようが違うからだ。

文化祭は七月四日と五日に行われる。保護者や一般の人にも開放する事になっているので、それなりに人は集まると思う。

だけど、この文化祭が七月七日の事故と何か関係あるのだろうか。

文化祭で起きたことが原因で、柊の身に何かが起きるという事か。

オヤジが経験した過去でも同じように七月四日と五日に文化祭があり、七月七日は振替休日だったと言っていた。

今のところ、変わった事は何もないけれど、ただ一つ気になっているのは、柊の様子だ。

どことなく、元気がないというか、いつも何かを考えていて、声を掛けても生返事ばかりだった。

何度も、「何かあったのか？」そう聞いたのだけど、柊はいつもと変わらずスマイル王子を就任していて「何もないよ」と笑顔で返された。

だけど、絶対に何かあったはずなのだ。笑った時に唇の端が歪んでいるのがその証拠だ。柊が俺の変化に敏感な様に、俺だって柊の変化にすぐ気付く。

放課後、ホームルームが終わった直後だった。事件が起きた。

「吉野さん、悪いけど、今日の放課後付き合ってくれないかな？　生徒会の事で相談があるんだ」

「でも、それは二年生の子が」

「うん。でもお願い、君じゃないと駄目なんだ」

「え？……分かった」

「良かった。吉野さんがいてくれるだけで安心だよ」

クラス一同が会しているところでの会話だったからか、「何だよ、どうした一ノ瀬」「お前らそういう関係？」と冷やかしの声があがる。

普段、無表情な月子が戸惑っているのがよく分かった。

その日のバイトは集中出来なかった。二人が気になっていたからだ。

もしかして……もしかして柊は……。

午後十時になり、バイトを終え、外に出ると、ガードレールのところに柊が立っていた。

「何だよ、来てるなら、中入れば良かったのに」

「うん」

何だかぎこちなく言ってしまった。今までこんな事一度もない。柊とは何度も言い争いはしてきたけれど、こんな空気は初めてだ。

駅前を通り過ぎ、家まで二人で歩いて帰った。

聞きたい事は沢山あった。何に悩んでいるのか、俺に何かを隠しているのか、そして月子の事。

だけど、聞いてきたのは、柊の方だった。

「和泉、僕に話すこと、あるんじゃない？」

「え？」

柊が立ち止まっているのに気付き、俺も立ち止まる。

柊の顔は、スマイル王子の面影すら感じられないほどの真顔だった。くっきりした二重瞼（ふたえまぶた）が俺の目を見つめる。

まるで、心の中を見透かされているように。

「柊だって、俺に話あるだろ？」

だから、俺も聞いていた。

「後夜祭なんだけど、吉野さんを、誘ってもいいかな」

「後夜祭……」

文化祭は、二部に分かれている。午後四時までを一部とし、それ以降を二部とする。生徒たちは二部を後夜祭と呼んでいるのだが、キャンプファイヤーを一緒に過ごしたカップルはそれ以降も幸せになれるというジンクスが、うちの高校には代々受け継がれているのだ。

その為、文化祭の前後はカップルが最も多く出来る。

「何言ってんだよ、俺に許可とる事じゃないだろ」

俺は関係ないとばかりに乱暴に歩き始めた。

やっぱりそうなんだ。柊は、月子が好きなのだ。

だとしたら、俺は、月子を諦めるしかない。

翌日、寝不足のまま学校へ行くと、一番乗りかと思ったが、下駄箱には柊と月子の靴が置いてあった。生徒会の集まりか何かだろう。

誰もいない廊下を抜け、教室に行くと、柊と月子の声が聞こえてきて足を止めた。

音を立てずに教室を覗き込む。

中にはやはり柊と月子がいた。だけど、何を話しているのか分からなかった。ただ、昨日の今日だ。きっと柊が月子を後夜祭に誘っているのだろう。

中に入る勇気もなく、後ずさりしながら、廊下の端にある階段に腰を下ろす。

月子は、柊を好きなのだろうか。

大体、柊から告白されて喜ばない女子なんているのだろうか。

だとしたら、二人は付き合うのだろうか。

胸が押しつぶされそうになって頭を掻きむしった時だった。教室の扉が開き、誰かが走ってくる音が聞こえた。

ん？　と顔を上げると、月子がやってきた。

月子は階段に俺がいるのに気付くと、驚いた顔を見せたが、そのまま何も言わず階段を上って行った。

立ち上がり、教室の方を見る。でも、教室にいる柊よりも月子が気になっていた。

驚いた顔の彼女の目に、涙が溢れていたからだった。

急いで階段を上がっていくと、思っていた通り月子は屋上にいた。

足音に気付いたのか、彼女はポケットからハンカチを出すと、急いで涙を拭く。

上司と部下から、同期の同僚になったはずなのに、なんだか緊張して、

「ここから見える風景好きなんだよな」とまた訳の分からない事を言ってしまった。

彼女はもう落ち着きを取り戻したのか、

「分かるわ」と俺の声に同調する。

金網の向こうには、湖が見え、その奥には鳥居と山が見えた。小学生の頃、柊とあの神社までよく遊びに行っていた。その頃の俺と柊の間で流行(はや)っていたのが、どこで嗅ぐ

ペトリコールが一番かというマニアックな遊びだった。

だから雨上がり、俺たちはよく自転車を飛ばし、色んな場所を訪れては匂いを嗅いでいた。だけどあの鳥居の神社に行った時だった。山の中にあるからか、年中湿っている境内は、雨上がりに行かなくてもペトリコールと同じ匂いが漂っているのに気付いた。

その時の俺と柊の感動っぷりったらなかった。これで雨が降らない日にもあの不思議な感覚が味わえる！　と喜んだのだ。

「一ノ瀬君を後夜祭に誘ったんだけど、断られたの」

月子の低音ボイスが微妙に上ずっていた。だけど、それだけで彼女の気持ちが伝わってきた。

月子は柊を好きなのだ。

だけど……それならば、なぜ柊は後夜祭を断ったんだ？　柊だって月子を誘うつもりだって言っていたじゃないか。

「いつから？　いつから、柊を」

「一年生……生徒会で一緒になってから」

「そんな前から……」

「うん……もっと仲良くなりたいって思って、でもどうしていいか分からなくて。だから、修学旅行の居残り組で一緒になって、仲良くなって嬉しかった。私、本当は、一ノ瀬君が行かないって聞いたから修学旅行いくの止めたの」

前に聞いた時、月子は、塾に行かないといけないからと言っていた。でも本当は柊と一緒にいたかったからだったのだ。

「三年生になって、皆と同じクラスになって、もっと仲良くなって、一ノ瀬君も前より話してくれるようになって、だから私、勘違いしちゃったんだね」

いつものクールな月子はここにいなかった。低音ボイスも上ずり、泣き顔になっている、好きな男子に振られた普通の女子高生がそこにいた。

「赤ちゃんにどんなに泣くなって言っても無駄だろ？　だから仕方ない事なんだよ」

俺なりに元気を出して欲しくて言ったつもりだった。努力しても仕方無いことがこの世には存在すると。

月子は、前に自分が言った事だと気付いたのか、クスッと笑った。

「ありがとう」

それから俺と月子は、チャイムが鳴るまで風景を眺めていた。

「だったら、何で思わせぶりな態度とったんだよ！」

その日はずっと我慢していたがもう限界だった。

放課後、柊に声を掛けられたのをきっかけに俺は爆発した。

「お前、そんな奴だったか？　そんなに女にだらしない奴だったか？」

下駄箱で話しているせいで、帰り際の生徒たちが足を止め、皆注目していた。

女子たちからは、「何？　何で一ノ瀬君と西岡君喧嘩してるの？」「どうせ西岡君が何かしたんでしょ」の声が聞こえる。

柊は何の言い訳もせず、ただ、

「和泉に、僕の気持ちは分からないよ。一生ね」そう言って去って行った。その時の柊の表情は、泣くのを我慢している小学生の様だった。

俺たち二人の喧嘩は、翌日には学校中に知れ渡っていた。

「何でだよ、何で喧嘩したんだ？」

教室に入るなり、風太に腕を掴まれ、廊下の端の階段に連れていかれた。そこには夏雪や花谷乃もいた。

「皆、西岡君と一ノ瀬君が喧嘩したって話題だよ」

夏雪は何故か興奮気味だ。まるでハムスターが回し車を走っているみたいだ。

「俺たちって話題になるほどか？」

「は？　自分たちが学校でどんなに目立ってるか知らなかったの？」

「目立ってる？　柊はともかく、俺は別に目立ってないだろ？」

「いやいやいや目立ってるから。知らないの？　朝、一ノ瀬君と西岡君が一緒に登校してるのを見た人は、その日いい事が起きるってジンクス。それほど二人は人気あるのよ」

「何だ、それ」

「どうせ、お前が何かしたんだろ？」

風太の一言にムッとする。

「何で俺なんだよ。言っておくけどな、お前らが思ってる程、柊はいい奴じゃねぇからな、頑固だし！　足は！……臭くないけど、尻には！……イボはないけど、声は！……イケボだけど」

「お前、さっきから何言ってんの？」

頑固以外に、何も悪いところがない！

ってか、頑固も別に悪くないし！

くそう！　何なんだよ！

「どうでもいいけど、お前らが喧嘩してると、こっちはやりにくくて仕方がないんだ。頑固だって分かってんなら、和泉から謝れよな。一ノ瀬だって何か色々考えてるはずなんだから」

「何だよそれ、まるで俺が何も考えてないみたいじゃねぇか」

「そういう意味じゃなくてさ」

風太は頭をポリポリと掻いている。

「一ノ瀬は、俺に、渡部にあの作戦の話をして、仲直りしてこいって言ったんだ。そういうの、ちゃんと考えてる奴なんだよ。俺よりお前の方が知ってるだろう、一ノ瀬のそういうところ」

「渡部って、後輩の？」

花谷乃は、え？　何それという顔をしている。

夏雪はそんな花谷乃に、説明を求める顔をした。

「ほら、麻生君の、部活の、後輩の」

あぁと納得した顔を夏雪がする。

「あのお化け作戦の後、俺、一ノ瀬と一緒に帰っただろ？　本当はあの帰り、渡部に会いに行ったんだよ、携帯電話返しに。まぁそれは口実で、渡部と話してこいって言われてさ。待ってるからって、話してる間ずっと家の前で待っててくれて。渡部も渡部で、俺と同じ状況だったんだ。部活で思う通りレギュラー取れなくて、八つ当たりしてたっていうかさ」

「何で、あたしたちに言ってくれなかったのよ」

「バカ、人の本気の悩み、他人にホイホイ言えるかよ」

「バカとは何よ。バカって言う人がバカなんだからね！」

風太と花谷乃の喧嘩漫才が始まった。

「悩みを言うんじゃなくて、会いに行った事を言えば良かったんじゃないかな？」

さすが神テン夏雪様。その辺のペットのハムスターとは違いますね。

「あぁそれもそっか」

風太は、アハハと頭を掻いている。

なんだよ、そういう事かよ。だったらそう言えばいいのに。

だけど、そしたら……。

「お前、この間、渡部と掛井と一緒にいたよな？」

アハハと頭を掻いていた風太が手を止めた。

俺はその事を不思議に思ってオヤジに話した。柊の事故と何か関係があるのかと思ったのだ。そして、オヤジは未来で何かがあり、仲間の中に柊の事故に関わっている奴がいると言った。だから俺は疑い、仲間たちを探った。でも結局、仲間の中に見つけられなかった。

いや、俺自身、事故に関わってる奴がいると信じられなかった。

「何で知ってるんだよ」

「バイト先から見えたんだよ。ほら駅前のファーストフード店、俺、あそこで働いてるからさ」

「そうなんだ……ってか、掛井の事知ってるのか？」

「中学の同級生だよ」

「そっか、そうなんだ」

風太は、再び頭をカリカリと掻いている。

「何だよ、なんかあったのか？」

「うん……実はさ、渡部が、掛井の彼女に手を出したみたいで」

「はぁ？」

「うっわ、最悪。何そいつ」

うんうんと夏雪まで頷いている。

あの日、風太は渡部と一緒に、掛井と話をする為、駅前にやってきたらしい。だけど結局、話はこじれてしまい、掛井の怒りは頂点に達しているというのだ。

「だから、俺、一ノ瀬に相談しようと思ってたんだ」

「駄目だ」

俺は即答する。

「何でだよ。一ノ瀬だったら、何かいい案だしてくれるだろ？」

「駄目だ。掛井は中学の時から柊と因縁があるんだ。優等生の柊が気に入らなかったみたいでさ、目の敵にして、だから柊には絶対に言うな。何かしらのアイディアは俺が出すから」

風太も、それに花谷乃も夏雪も俺をジッと見てきた。

「な、なんだよ、その目」

「別に。なぁ」

「うん」

風太も夏雪もそう言いながら、ニヤニヤとしていた。だけど花谷乃が、

「一ノ瀬君と喧嘩してるのに、心配はするんだね」

と相変わらずの空気読まない発言をした。

「うっせ、うっせ、うっせぇな！　もういいだろ、俺戻るぞ！」

何だか照れくさくて、叫びながら歩き始める。背中の向こうで、風太や夏雪、花谷乃の笑い声が聞こえた。

教室に戻ると、柊がいた。それに月子も。

月子は、俺と柊の喧嘩の噂を聞いたのか、いつもの無表情の顔ではなく、眉毛を下げ心配そうな顔をしていた。

そんな彼女を見たもんだから、仕方ないな、と柊をもう一度見たが、柊は怒っているのか、俺を見ようともしなかった。

はぁ？　何だよ、その態度。言っておくけど、俺の方が怒ってんだから！

ってか、気持ちが分かんないって何だよ！　一生って何だよ！

フンと鼻息を飛ばし、俺は自分の席に座った。

後から戻ってきた風太たちが、俺と柊の険悪な雰囲気を見て、おいおいおい仲直りしろよ、話しただろと呆れた顔をしていた。

その日の放課後、バイト先に風太が渡部を連れてやってきた。店は空いていたので、二階の掃除を名目に、俺は渡部から話を聞いた。

「俺、知らなかったんすよ、彼氏がいるなんて……」

話はこうだ。バスケ部の試合で他校に行った際に、出会った女子高生と間違いを起こしてしまった。渡部には彼女がいないので、間違いを起こしたのは女子の方なんだけど、掛井が怒ってるのは、何故か渡部なんだそうだ。

しかも、何を考えてるのか、掛井は金銭を要求してきていると言う。

「もしかして、それって、あれじゃねぇの？　ほら、あのさ、びじんきょくって書くやつ」

「何すか、それ」

「何言ってんの、お前」

渡部と風太の声が重なった。

ここに柊がいれば、すぐさま俺の考えを言語化してくれるのだけど、残念ながら柊はいない。もしくは夏雪、もしくは月子、神テンの誰かがいれば……いないので、俺は携帯電話を駆使し、美人局という言葉を見つけた（ちなみに、美人局はつつもたせと読む。男が妻や彼女を使って、他の男を誘惑させ、それを種に相手の男から金品をゆする事を言う。辞書にはそう書いてある）。

「だから、掛井の彼女っていう女子は本当は違くて、渡部から金をだまし取る為に掛井に使われたんじゃないかって事」

渡部はショックなのか、鯉が餌をつまむ様に口をパクパクとさせている。

風太は風太で、腕を組み、目をつぶって何かを考えていた。まるで大仏の様だが、何を考えてるのかは分からない。もしくは何も考えていない。

「とにかくさ、掛井と面識がない訳じゃないから、何か連絡あったら、同じ中学だった西岡和泉と話してるって言っていいからさ」

「ほ、本当ですか？」

「あぁ、それと、お前さ学校帰りは直ぐ家に帰れよ。ふらふらどっかに寄ったりすんなよ。後、なるべく一人でいるなよ」

「は、はい！」

実は、掛井の噂で話していない事が一つあった。あいつは頭に血が上ると、手段を選ばず相手をボコボコにするって事だ。

その日、バイトが終わって柊の自宅までやってきた。掛井をどうしようか考えながら歩いていたら、いつの間にか、ここまでやってきていたのだ。

柊の部屋は二階の一番奥の部屋だ。塾が終わってすぐ帰宅したのか、部屋には電気が灯(とも)っていた。

あいつ、謝る気ないんだな。バイト先に顔を出さないのがそれを意味する。

今までだって、言い争いがなかったわけじゃない。まぁ基本的に俺が怒って、大概は柊が謝るのがパターンだったから、今回みたいなのは初めてだった。


翌日は朝から雨が降っていた。そのせいで文化祭の準備は大幅に遅れた。俺たちのパンケーキ屋は家庭科調理室で行われるので困らなかったが、看板を作ったりするチームは雨に濡れない場所を確保するのに大変そうだった。

ちなみに俺は買い出しチームなので、それ程大変でもなかった。ただ、同じチームに柊や月子がいるのが空気を重くさせた。

雨が降っているから、担任が自分の車を出してくれると言い、近くのスーパーへと向かった。

車の中は担任と助手席に座る俺だけが話し、後部座席にいる柊と月子は何も話さなかった。

った。

スーパーについても、俺と月子は話すが、俺と柊、月子と柊の組み合わせで会話をすることはなかった。

二人がいないところで担任に「お前ら何かあったのか？」と心配された程だ。

スーパーから戻ると、柊と月子は荷物を持ち家庭科調理室へ、俺は教室にやってきた。

他のクラスメイトたちも調理室で準備をしているので、教室にいるのは俺一人だ。

柊と喧嘩している場合ではないのは分かっているけれど、どうしても俺から謝る気になれなかった。

だけど、やっぱりオヤジが言っていた『話したい事』や柊の事故には、掛井が絡んでいるんだと思う。

オヤジの過去で、柊は風太や渡部に頼まれ、掛井と話をする。しかし、話はこじれてしまう。俺に相談しようと七月六日にバイト先に訪れ『話したい事がある』と言うが、結局俺を巻き込みたくなくて、話すのを止めてしまった。

そして七月七日、振替休日に、柊は掛井に……。

俺は立ち上がると、急いで教室を出た。

一階まで下り、正面玄関を抜け、別棟にある家庭科調理室へとやってきた。

活気溢れる室内で、柊は衣装を縫う女子たちの中にいた。蝶ネクタイにタキシードを着て女子たちと写真撮影をしている。

「しゅ……」

声を掛けようとしたが、寸前で止めた。喧嘩していたのを思い出したからだった。

「あ！　西岡君！　こっちで衣装に着替えてよ！」

衣装係の女子が、俺を見つけ声を掛けたのと同時に、柊も振り返った。

柊と目が合うのは久しぶりだった。スマイル王子でもなく、スマイル無表情でもなく、怒っているのでもない。柊は俺に何かを訴えかけていた。そんな柊の顔は初めてだった。

だけど、

「俺はいいや」そう言い、教室を出た。


結局、その後も雨は降り続いた。そして七月三日になり、文化祭が雨の為に延期に決まったのだ。

七月四日と五日の土曜日と日曜日に保護者や一般客を呼んで行うはずが、七月六日と七日の月曜日と火曜日に日程がズレた。しかも、今年は一般公開をしない事が決まった。

その日の夜。俺は、オヤジに電話をした。

午前二時になり、電話をかける。カタンという音が鳴り、すぐに電話は繋がった。

「もしもし、オヤジか？」

しかし、この前と同様に、向こうから声は聞こえなかった。

「もしかして、また声が出せない場所にいるのか？」

するとと、コツコツと二回音が聞こえた。先日、イエスなら二回、ノーなら一回と話していた合図だ。

「実は、文化祭なんだけど、四日と五日に行われるはずだったのが、雨のせいで、六日と七日に変更になったんだ。オヤジの時、七月七日は文化祭の振替休日だったんだよな？」

コツコツ。二回音が鳴る。イエスっていう意味か。

「俺がこの間話した、風太が後輩と掛井に会ってたって話なんだけど、あれ誤解だったんだ。風太は、柊に言われて後輩の渡部と仲直りしたらしいんだ。で、その渡部から、今度は助けて欲しいって相談を受けて、風太は掛井と話をしたらしい。どうやら渡部は、あの、えっと、そう美人局っていうやつに引っかかって、掛井に脅されてるみたいなんだよ。俺も掛井と話したけど、相変わらずムカつく奴でさ」

実は、この数日、掛井と何度か電話でやり取りをしていた。

あぁいう面倒くさい奴とは電話で話すのがいい。直接会えば手を出されるかもしれないからだ。

でも、結局は電話でも面倒くさくて、何を言っても渡部を出せ、金を出せしか言わなかった。ったく、あなたは本当に未成年ですか？　十代ですか？　と聞きたくなるぐらいオラオラのチンピラに成り下がっていた。

「あいつらは関係ないんだ。だから柊の事、話してもいいよな？……七日の柊の事故に、掛井が関わってるんじゃないか？　俺、その事もあって、柊に掛井の話はしてないんだ。巻き込みたくないから」

柊と喧嘩している話はしなかった。

オヤジに言えば、今すぐ仲直りしろ！　って言われるに違いないからだ。ってか、あんたの時だって、喧嘩したはずだけど……もしかしてしてないのか？

そうか、元々風太は俺ではなく、柊に相談しようとしていたんだよな。

だけど、柊と喧嘩したせいで、俺は風太と渡部の話を聞くことになった。

もしかしたら、既に、柊の運命が変わったのかもしれない。だけどそれって……前オヤジが言っていたように……。

「柊の運命が変化すると、他の誰かが事故に遭うかもしれないんだよな？」

電話の向こうは静かだった。息遣いも、唾を飲む音さえも聞こえない。

「でも……そしたら、今、そっちの世界では何が行われてるんだ？　柊の運命が変わったというなら、柊の十三回忌は行われてないよな？　柊はあんたの目の前にいるんだよな？　もしかして、だから声を出せないのか？　なぁ！　そうなんだろ！　答えろよ！」

しかし、その時、プチンと電話が切れた。


七月六日は晴れていた。

土日ではなくなったせいで、一般公開はしないが、生徒たちだけでも文化祭はそれなりに盛り上がった。

正門から続く坂道には露店が並び、体育館ではバスケ部とバレー部による巨大迷路。学校内には逃走中ならぬ迷走中のハンターたちの姿。そして俺たちのクラスは家庭科調理室をパンケーキカフェに変身させた。

普段教師用として使用している黒板前のガスコンロをオープンキッチンに改良し、生徒たちが使用するテーブルにはテーブルクロスや花を飾り、客席に変貌させた。

女子たちは動きやすい形に改良したウエディングドレス。男たちはタキシードに蝶ネクタイ。客の要望があれば、写真撮影もＯＫというもの。そんな事したら、柊のところに行列が出来るだろうが、と心配していたが、タキシードを作ったものの、柊は生徒会長として完全に裏方に徹していて、カフェには顔を出さなかった。

「イチゴパンケーキ二皿お願いします」

オープンキッチンの調理担当に注文を入れる。

「了解です」

　低音ボイスが聞こえた。

　キッチンでは、白いコックの衣装を纏った月子が汗をかきながらパンケーキを作っていた。彼女はどうやら食べる専門ではなく、作るのにもこだわりを持っている様で、楽しいのか唇の端がクイっとあがっていた。

　柊と月子は、あれ以来話していない様だった。俺も俺で柊と話をしていなかったので詳しい事は分からないが、何故か花谷乃が逐一報告してきたのだ。

　店は大繁盛で、午後三時前には売り切れになった。俺たちのクラスはそれをきっかけに、店じまいになった。

　急いで暑苦しいタキシードから制服に着替える。そして同じく着替え終わった月子に、「一緒に回んない？」と声を掛けた。

　彼女は、「え？」と戸惑っていたけれど、すぐに「うん」と返事をした。

　正門から見て回り、体育館やプールなどを見て回る。

　月子は、二人きりでもよく話してくれるようになったが、その中に柊の話題は含まれていない。

　二階まで階段を上がってくると、彼女は立ち止まり、廊下の奥を見た。二階には三年生の教室の他に、生徒会室もある。

「行かなくて大丈夫？」

「そうね……ちょっと顔だそうかな」

「俺、四階から見て回ってるから、終わったら来て」

「うん。ごめんね」

月子は生徒会室へと向かった。

あそこには柊がいるのだろう。結局、柊はクラスのカフェには一度も顔を出さなかった。いるとしたら、あそこしかない。

そして、月子は柊に会いたかったのだ。

「あーあ」

声に出してみる。周りにいる奴らが俺を見て、え？　という顔をした。だけどそんなのおかまい無しだ。

とにかく、全てが、あーあで片付く。柊の事も月子の事も掛井の事も。

ぶつくさ文句をいいながら階段を上っていると、三階の二年生の廊下からバタバタと走る音が聞こえた。

ん？　なんだ？　と廊下を覗き込むと、二年三組の前で人だかりが出来ていて、怒鳴り声まで聞こえる。

何だか聞き覚えのある声に導かれるように教室に行くと、そこに掛井と渡部がいるのが見えた。二人の周りには、柄の悪いチンピラも数名いる。

はぁ、と深いため息をつく。

まさか、学校にまで乗り込んでくるとは。一般客は入ってはいけない事になってるのに、コスプレの生徒に紛れて、掛井はやってきたのだろう。

掛井は中学時代と姿形が変わっていなかった。背は百八十センチ以上あり、元々野球部のエースだったからか、肩幅も足腰もしっかりしている。どこのブランドか分からないジャージを着て、髪の毛は金髪だ。髭まではやしている。

チンピラまがいな事をしてないで野球の名門校に行けばいいのに、なんでこんな事になったのか、残念で仕方ない。

「お！　掛井じゃん！　久々！」

俺はなんとも間の抜けた声をわざと出した。場を和ませたかったのだ。

おいおい誰だよ、こんな時に声なんか掛けてくるのは、と言いたげにガンを飛ばしながら掛井は振り返る。

掛井は、俺と分かったようだが、ガンを飛ばした鋭い目を緩めなかった。

何だよ、その目は！　三年間学び舎を共にした仲だっていうのに怖すぎるだろ！

渡部は、俺が姿を見せた事に安心したのか、泣きそうな顔をしている。いや、もう既に泣いている。

「中学卒業以来じゃん。ってかまだ野球やってんのか？　お前のストレート最高だもんな！」

俺の軽快なトークも空しく、掛井の睨みはまだ突き刺さってくる。

おいおい、これ、中々な厄介事じゃねぇか。

渡部はいつの間にか、俺の後ろに身を隠していて、制服の袖を摑んでいる。

「言ったよな、早く、金よこせよ」

まるで取り立て屋のような野太い声だ。

呆れちまう。これが同じ歳の同級生だったなんて。

「俺も言ったよな、金は渡さないって。大体いいのかよ、こんな詐欺まがいな事して、未成年だからって許されねぇかんな。まぁ、外見だけじゃ未成年って分かんねぇか。なんか老けたもんな、お前、三十代みたい」

老けたという言葉が掛井には禁句だったのか知らないが、誰が見ても分かるぐらいこめかみの血管が怒りでピクピクと動いている。

うん。どうやら俺は話し合いには向いてない様だ。

逃げる動線を確認しようとした時だった。教室を取り囲んでいる生徒の中から、月子が顔を出し、中に入ってきたのだ。

月子は俺と掛井の間に立つ。

「あなた、外部の方ですね。今日は、一般公開していませんので外部の方は入場出来ません」

副会長らしい毅然とした態度だったが、今はマズいよ、月子さん。

「もしかして生徒の保護者の方ですか？　保護者の方にも今回は公開していないんです」

「ほごしゃ、だと？」

掛井の怒りはピークに達したのか、顔面蒼白になっていて、一歩前に足を踏み込むと、

「お前は引っ込んでろよ！」

月子の肩を思いっきり突き飛ばした。

あっという間の出来事で、俺も渡部も助けられなかった。

床に思いっきり倒れた彼女は、小さく「いたっ」と声を上げ、俺は慌てて駆け寄る。

「大丈夫か！」

「う、うん」

そうは言ったが、左腕が痛いのか、ゆっくりとさすっている。

俺は月子を近くにいた女子に引き渡し、ゆっくり振り返り掛井を睨む。

ふざけんじゃねぇぞ、くそが。

教室内は、掛井軍団ＶＳ俺一人の構図になっていた。

だが、一触即発の睨み合いをしている数分の間に、俺の後ろには二年生の運動部の猛者たちが集まっていた。

サッカー部に野球部、空手部に柔道部、剣道部にバスケ部、フェンシング部に水泳部、バレー部に卓球部にその他もろもろ！

マンモス高校なめんなよ、数じゃ負けてねぇかんな、このくそ野郎が。女に手出しやがって！

ぴりついた睨み合いが続いた時だった。

ピピピピピピピピピピピピウォーンウォーンウォーンという音が学校中に響き渡った。

「何だよ」

周りにいる生徒たちも、ざわざわとし始めると、今度は天井のスプリンクラーが作動し、水が降ってきたのだ。

「うわっ、水だ！」

「どっかで火事なんじゃねぇの？」

「逃げようぜ」

周りにいた生徒たちが逃げる中、俺と掛井はまだ睨み合っていた。だけど、俺は月子に、掛井はチンピラ仲間に腕を掴まれ、結局その場は火災報知器とスプリンクラーのおかげで何事もなく収まった。

教師たちの指示で校庭に生徒が集まる。

未だにざわついている生徒たちを落ち着かせる為、教頭が説明を始めた。

結局、火事も何も起きておらず、誤作動なのが分かった。

ただ、スプリンクラーが作動したせいで、学校中が水浸しとなり、明日の文化祭は中止になった。しかも、後夜祭のキャンプファイヤーまでもが危うくなったのだ。

だが、生徒たちから「嘘だろ」「何だよそれ」の文句が聞こえた事で、今日の後夜祭だけは消防署の管理の下で行い、明日の文化祭は中止、午後から片付けをする事になった。

教頭からの連絡事項が終わり、後夜祭の準備が始まる中、俺は月子を連れ保健室へとやってきた。掛井に倒された拍子にぶつけた左腕を診てもらう為だった。

怪我は打ち身だけで済み、湿布を貼ると、俺たちは片付けの為、家庭科調理室へと向かった。

「あんま、無茶すんなよな。あの状況わかってただろ」

水浸しの廊下を、月子と歩く。

「状況が分かってたから、声を掛けたつもりだったんだけど、間違いだったみたいね」

月子は落ち着きを取り戻したようで、いつもの低音ボイスに戻っていた。

「だけど、どうして火災報知器が鳴ったのかしら」

「誤作動だったんじゃねぇの？」

「うん。まぁそうなんだけど……」

「家庭科調理室の火災報知器が鳴ったんだよな？」

駆け付けた消防士によると、俺たち三年二組が使用していた調理室の火災報知機が作動したようだったが、パンケーキは午後三時前には売り切れていた為、火も何も使っていなかったはずだ。

しかも、殆どの生徒が遊びに出ていたので、誰もいなかったはずなんだけど……。

調理室に向かう間、俺は何故か色んな奴らから握手を求められた。しかもその殆どが男子たちだった。

「何だ、これ」

ぼやくと、一緒にいた月子は、よく分からないと言いたげに首を傾げた。

理由が分かったのは調理室についてからだった。教室に入るなり、風太が抱きついてきたのだ。

「何だよ、暑苦しいな」

「聞いたぞ、英雄！」

「英雄？　何だよそれ」

花谷乃や夏雪も俺の周りに集まってくる。

「ヤクザから渡部を守ったって聞いたぞ！」

「ヤクザ？」

いやいやいや、俺が話してたのは掛井だし。話が大きくなってるし。

あぁそうか、さっきのは、この回りに回って大きくなった話を聞いた奴らが握手を求めてきたのか。

ってか掛井、お前はヤクザに見えるらしいぞ。可哀想に、老け顔万歳だな。

「だけど風太、これ、もう俺たちには手に負えないから、今すぐ渡部と警察に行った方がいいぞ」

風太は、分かったと頷くと、すぐに廊下を出て行く。

「あ！　ねぇ、後夜祭どうするの！」

花谷乃の声に、風太は「悪い！」と叫んでいる。

多分、風太は夏雪を後夜祭に誘ったはずだ。花谷乃はそれを知っていたから、聞いたのだろう。しかし、それを断って渡部を選ぶとは風太もなかなかだな。

「あたしと見ようか」花谷乃が声を掛けると、夏雪は「うん」と返事をしていた。

「二人は、どうするの？」

花谷乃は、俺と月子を見ている。

「私は……」

月子が話しかけたのを制し、

「俺は行くとこあるから、三人で見てこいよ」と促した。

調理室を出ると、三年生のクラスを通り過ぎ、階段を一番上まで上がり、ドアを開ける。

もわっとした空気を浴びると、誰もいない屋上に、柊が一人で立っているのを見つけた。

空は、キャンプファイヤーの赤い炎が反射し、まるでまだ夕方のような雰囲気だった。

俺は金網前に立ち、柊の横に並ぶ。

校庭ではキャンプファイヤーが燃え盛り、軽音部の音楽と共に踊り狂う奴らや、それを見守る生徒たち、そして多くのカップルが一望できた。

去年も一昨年も、後夜祭はこの場所で柊と共に過ごした。一年生の文化祭の時、この場所が穴場なのを柊が見つけてきて、俺にこっそりと教えてくれたのだ。

「もしかして、スプリンクラー作動させた？」

何となくだけど確信があった。今まで、俺が不思議に思っている裏には、絶対柊が絡んでいたからだ。

「何の事？」

だけど、柊は相変わらずすっとぼけた事をぬかす。

ふぅとため息をつく。謝るべきなのは俺なのだろう。もういい加減、普段通りに戻りたかった。

月子に好きな人がいるショックよりも、俺には柊と話せない方が苦痛の様だ。

「あ、あのさ」

「今年もここで和泉と見たかったんだ」

月子の事を説明し、謝ろうと思った。だけど、柊の声を聞き、言葉を止める。

横を向くと、柊も俺を見ていた。

「ごめんな、和泉」

今回もいつものように柊が先に謝った。そんな柊の瞳には、キャンプファイヤーの赤い光が波を打つように揺れていた。


その日の夜。俺は自宅で過ごしていた。バイトは今日、そして明日も休みにしている。

バイト先で柊に『話したい事がある』と言われたとオヤジに聞いていたからだった。

俺がいなければ、柊はそのセリフが言えなくなる。掛井の件に俺が首を突っ込んだ事で、柊の『話したい事』は無くなったはずだ。警察にも行ったし、後は渡部と渡部の親が話し合う問題だ。

ただ念には念を入れ、バイトを休んだのだ。

これで、柊は事故に遭う事はない。

キャンプファイヤーの後、俺は柊と二人の時間を過ごした。それは一年生や二年生の時と同じだったが、今年はお互いどこか違った。

俺は月子の事を話そうとしたが、結局話せなかった。柊が話させない空気を纏っているのもあったが、彼女を諦めようと思ったからだ。柊が月子を好きならば俺は諦めるしかない。

ただ一つ気になっているのは、柊が寂しそうな顔をしていた事だけだ。キャンプファイヤーを見ている時も、俺を見る時も。掛井の件は無くなったのだから、そんな顔しなくていいはずなのに。

あれ？　ちょっと待てよ。そうなると、何で。

ふと思い立ち、風太に電話をかける。

『おう、英雄和泉様！　どうした！』

「なんだよ、その名前」

『英雄なんだから英雄様と言ったまでよ！』

「まぁいいけど。なぁ、掛井と渡部の話って、柊にしたか？」

『一ノ瀬に？　いや、俺は和泉がするなって言うから、してないけど』

「そっか、ならいいや。悪いな、また明日」

『あ、おい！　英雄様！』

風太はまだ話し足りないのか喋り続けていたけど、俺は電話を切った。

どういう事なんだろう。屋上での柊の顔、掛井の件を知っている風だった。今日のスプリンクラーの件だって絶対に柊だと思う。

だけど、どうやって掛井の事を知ったんだ？

あの話を知っているのは、張本人の渡部と風太、花谷乃に夏雪、そして俺だ。月子は掛井の件で巻き込まれたが、渡部の話は知らないはずだ。

花谷乃と夏雪は知っているが、あの階段で話した以上の事は知らないはずだ。

渡部が柊に話す訳ない。風太がいない限り、接点がないからだ。話すとしたら風太か俺しかいない。

いや……ちょっと待て。もう一人いる。もう一人、この話を知っている奴がいるじゃないか。

そうか……そういう事だったんだ。

俺は携帯電話を手にすると、履歴からシュークリームを選び、電話をかける。

外ではポツポツと、窓に滴が当たる音がした。どうやら再び雨が降り始めたようだ。

プルプルプルというコール音が何度か鳴り、コツンという音と共に電話は繋がった。

枠だったんだ。
この合図を知っているのは、前回と前々回電話を取った者だけ。そしてその二件とも、
この時間にオヤジが電話に出る訳ない。だからイエスノーの合図をする訳がない。
ふぅと吐息を漏らすと、壁にかかる時計を見た。時計は午前〇時を指している。
電話の向こうからはコツコツとイエスの音が聞こえた。
俺は電話の向こうに問いかける。
「もしもし、オヤジか？」

「お前……柊だろ」
耳を澄ましても、向こうの声は聞こえなかった。息をする音も何も聞こえない。
何でオヤジに繋がらなかった。昨日も、その前も、午前二時に電話したじゃないか。
今までずっとそうやって繋がってただろ？
何で、急に柊に繋がったんだ。
何で、オヤジは電話に出なかったんだ。
『明日、話したい事がある』
突如、避けていたはずのあのセリフが聞こえた。
嘘だ。何でだ、何で……。
『十三時、学校に行く前に、家に来て欲しい』

電話はそこで切れた。

七月七日。昨夜から降り始めた雨は小降りになったものの、止みそうにはなかった。今日は文化祭の片付けで午後から出れば良かった。だけど俺は朝一で柊の家に向かった。

十三時に来てくれ、そう言われたけど、柊が気になって足を向けていたのだ。自転車で柊の家へと向かう。濡れるのも構わず漕ぎ始める。猛スピードで漕ぎ、午前八時には柊の自宅へ着いた。相変わらず森のような庭を抜け、玄関の呼び鈴を鳴らす。

「は〜い」

明るい声と共に出てきたのは柊の母親だった。

「あら、和泉君おはよう。久しぶりね」

「おはようございます。あの、柊は？」

「柊？　あの子だったら学校に行ったけど」

「え？　もうですか？　今日は午後からのはずですけど」

「そうなの？　何だか誰かに電話してて、てっきり和泉君かと思ってたわ」

「電話……すいません、俺、行きます」

「え？　ちょっと和泉君！」

自転車を漕ぐ前に携帯電話を確認したが、着信はなかった。俺はシュークリームを選び、電話をかけるが、コール音が鳴るだけで柊は出なかった。

湖の反対側の学校に行くには自転車で三十分はかかる。だけど、バスで行くよりは早いはずだ。

約束したっていうのに、まさか、柊がいなくなってるなんて。

誰と電話をしていたんだ？　掛井に呼び出されたのだろうか？　それとも別の誰か？

自転車を飛ばし、学校へとやってくる。

玄関に乗り付け、自転車に鍵もかけず、校舎に入っていく。靴を脱ぎ捨てると裸足(はだし)で廊下を走った。靴を脱いで初めて、靴下も履かず出てきたんだと気付いた。だけど、今はそれどころじゃない。

生徒たちは午後からやってくるため校内は静かだった。ただ、昨日のスプリンクラーの名残で廊下や教室は水浸しになっていて、裸足で走ってる俺は何度も滑って転んだ。

まず、校舎の別棟にある家庭科調理室にやってくる。しかし、柊はいなかった。

次に二階の生徒会室。だけど、ここにも柊はいなかった。

続いて廊下から三年二組を見たが、ここにも柊はいない。廊下の端まで行き、階段を上がっていく。

しかし、屋上にも柊はいなかった。

どこだ、どこに行った。

階段を飛ぶように下り、再び三年二組に戻ってくる。自席に座り、考えを巡らせる。

柊が行きそうなところ。後はどこだ。

思い出なんか数えきれない程あった。柊の行きそうな場所なんかいくらでも出てくる。

俺たちは、それだけの時間を共に過ごしたのだ。

ふと、柊の机を見る。廊下側の前から二番目が柊の席だった。そしてその中に、ノートが一冊だけ無造作に置かれているのが見えたのだ。

慌てて柊の机に行き、ノートを取り出す。表紙には『数学』と几帳面(きちょうめん)な字で書かれていた。

まさか……だよな。

ペラペラと捲り、六月十四日のページを開くと、

『七月七日　ペトリコール　注意　約束　月子　風太　花谷乃　夏雪』と書いてあった。

どうして……どうして、これが書いてあるんだ。あいつらは関係ないはずだろ？　それに、掛井の件は解決したし、もう警察に任せればいい。柊が注意する事なんか何もないはずだ。

まさか、他に事故の原因になる事があるっていうのか？　だったら、『話したい事』

って何なんだ。

六月十四日……その日に何があった？

携帯電話を取り出し、カレンダーを見る。六月十四日には何の予定も書いていなかった。

ただ、十五日からテスト期間と記されている。

その前日まで俺たちはテスト勉強をしていて、ずっと一緒だった。

いや、ちょっと待ってくれ……。月子の事を聞かれたあの時、柊は俺にノートを提出しろって言ってなかったか？　先生に提出するからと。

そうだ、確かにそう言っていた。

俺の数学のノートには、オヤジから言われたことが事細かに書いてある。

仲間の名前、事故の日時、場所、それら全部。

俺はこれらを忘れない様に、二年生から持ち越してノートを使っていたのだ。

もしかして柊は、俺のノートを見て、自分のノートに写したんじゃないか？　そしてその全てを、あの電話を聞き、確信したんだ。

自分は七月七日に事故で死ぬと。

「くそったれ！」

急いで教室を出る。玄関まで走り、乗り捨てた自転車を再び漕ぎ始めた。

十三時までは、あと四時間ある。それまでに柊を見つけないと。

掛井は事故に関係なかった。仲間も誰も関係ない。柊は、俺のノートや電話で事故を知り、自らが死ぬ事を選んだんだ。

自分が死なないと他の誰かが死んでしまうんだと知って。


以前、祖父に教えてもらった穴場の釣り場にやってきた。数か月前、柊と二人で釣りを楽しんだ。だけど、そこにも柊はいなかった。駅前の塾にも、バイト先にも、あの神社にも柊を見つけられなかった。

「どこに行ったんだ」

十二時になり、もう一度学校へやってくる。

先ほどとは違い、校舎は生徒で溢れていた。

三年二組に行くまでに、二年生に何度も握手を求められたが、全て無視した。

教室にはちらほらとクラスメイトがいたが、柊の姿はおろか、その中に花谷乃や夏雪、そして風太や月子の姿もなかった。

何で、どうして、誰もいないんだ。

携帯電話を取り出し、一人ずつ電話をかける。だが、誰一人電話が繋がらなかった。

どういう事なんだ。

また屋上に上り、そして家庭科調理室に行く、だけど掃除をしているクラスメイトがいるだけで、柊も仲間も誰一人いなかった。

時計を見ると、時間は既に十二時二十分だった。

あと四十分。

学校を出て、急いで駅前に向かう。以前、オヤジに聞いた事故の現場は駅前のバス停だった。

十二時半には駅前につき、あたりを見渡す。だけど、どこにも柊の姿はない。

もしかして、俺が現在を変えたせいで、事故が起きた現場も変わったのか?

オヤジは言ってたよな、自分の経験した事が色々と変わってるって。

それだったら、ここで事故が起きるとは限らない。これじゃ、探すのは無理だ。

再びあたりを見渡す。柊の影も形も見当たらない。仲間の誰一人も見当たらない。

大体、どうしてあいつら全員電話に出ないんだ?

何をしてる?

……そうだ。ファミレスだ。あそこにいるんじゃないか。何で思いつかなかったんだ。

駅前を後にし、再び学校方面へと自転車を向かわせる。

学校からほど近い国道沿い。道向かいにあるファミレスは昼時だからか、遠目で見ても混んでいるのが分かった。信号が赤になり、立ち止まった時だった。

ファミレスの中に、花谷乃、夏雪や風太、そして月子がいるのを見つけたのだ。

どうして、ここにあいつらが集まっているんだ。どうして……。

突然、クラクションの音が聞こえ、道向かいの歩道を歩いている人を見つけた。

制服姿の柊だった。

「柊！」

力の限り声をあげる。

柊は俺に気付き、驚いた顔をすると、すぐさま何かを叫び、慌てて走り始めた。

会いたかった。どれほど探したか、あの野郎。絶対許さないからな。

「柊！　俺も話があるんだ！」

柊は、また何かを叫んでいる。

俺は柊めがけ走り始める。柊も俺めがけ走ってきた。

「和泉！　来るな！」

柊の声が鮮明に聞こえた時、携帯電話のアラーム音と共にクラクションの音が聞こえた。

横を見ると大型のトラックが目の前に迫っていた。

事故に遭うと走馬灯を見るという。それは小さな頃の風景だったり、印象深い出来事だったり。今までの人生を早送りした映画のように見るという。

だけど、俺の場合、過去の自分ではなく、未来の俺の姿を見ていた。オヤジから聞いた未来の俺の姿だった。

柊がいなくなった街に未練がない俺は、故郷を捨て東京に行く。

仲が良かった仲間たちとは連絡も取らず、寂しい大学生活を送る。大学三年の時に祖父母を立て続けに亡くし、母もいない俺は天涯孤独になる。

大学を卒業し、地元にも帰らず、東京で就職する。そして三十歳になる年、柊の十三回忌の七月七日に、十七歳の俺と電話のやり取りをすることになる。

俺は、柊を助ける為、仲間を作ることやアドバイスを十七歳の俺に話し、何度も何度も七月七日を経験する。

そして何度目かの七月七日、俺はとうとう柊と再会する事が出来たんだ。

15

僕、一ノ瀬柊と、和泉との出会いは、小学校のグラウンドだった。

雨が上がり、誰もいないグチャグチャの校庭の端で、和泉が鼻をひくひくさせ、辺りの匂いを嗅いでいたのだ。

僕は以前から、雨上がりのあのなんとも言えない匂いが気になっていて、調べていたから、「この匂い、ペトリコールっていうんだ」と教えた。

「名前なんかあったんだ」

「ギリシャ語で石のエッセンスって意味だよ」

「へぇ石ね。でもここって石っていうより、土なんじゃねぇの？」

「あぁ、確かにそうだね」

「なんか不思議なんだよな。なんつぅか、この匂いのせいで見慣れた街とはまた別の街に紛れ込んだっていうか」

「パラレルワールドって事？」

「あぁ、そうそう、そんな感じ」

和泉の疑問は、僕には到底考え付かない様なもので、その時、静まり返っていた僕の脳みそは、ブクブクと沸騰するように興奮していたのだ。

それから僕たちは、毎日を一緒に過ごすようになった。

六年生で同じクラスになると、和泉がツゥといえば、僕がカァといい、一致団結するとクラス対抗の行事では負けなしになった。

雨が降り、上がり始めるのが分かると、一緒にペトリコールを嗅ぐために教室を抜け出し、屋上へ向かった。

「今のところ、屋上が一番いいな」

「ちょっとカビっぽくてね」

「パラレルワールドの世界が開かれた、なんてな」

相変わらず和泉は、僕の脳みそをブクブクと沸騰させてくれたのだ。


全ての始まりは二〇〇八年十一月二十五日、和泉の十七歳の誕生日だった。

前日、僕と和泉は揃いの携帯電話を買った。真ん中で折り畳めるようになっていて、僕は濃いブルーの色を、和泉はブラックを選んだ。携帯電話を持つのを嫌がる和泉を説得するのは骨が折れたけど、一円という激安と、特定の電話番号にかけると無料という謳(うた)い文句で和泉は渋々買うのを了承したのだ。

そしてその翌朝、携帯電話が鳴った。

午前六時五十六分。僕は制服に着替えるところで、目をこすりながら画面を見ると、『西岡和泉』の表示がされていた。

「もしもし？　和泉？」

電話を取り、声を掛けるも電話の向こうからは、何も聞こえなかった。

一度電話を耳から外し、画面表示を見る。着信はやはり『西岡和泉』になっていた。

「和泉？　だよね？」

もう一度尋ねる。電話の故障か何かかと思ったからだ。だけど、聞こえてきたのは、

『一ノ瀬柊だよな？』という大人の太い声だった。

携帯ショップで番号を交換した時、互いに何度も注意しながら番号を入れた。だから番号が間違っているはずがない。

というか、今、一ノ瀬柊と言っていたから間違ってはいないはずだ。

「誰ですか？　和泉じゃないですよね？」

『今、そっちは何年何月何日何時何分だ？』

僕の質問は無い事になってしまったようで、質問を質問で返してきた。だけど、電話の向こうの声がひっ迫している雰囲気で、

「二〇〇八年十一月二十五日、午前六時五十六分、七分になるところです」と丁寧に答えていた。

『そう……』

電話の向こうの相手は呟くと、大きく息を吸い込み、そして、

『今、こっちは二〇二一年七月七日。そして私は二十九歳の一ノ瀬柊、十三年後の君だ。話があるんだ、十六歳の一ノ瀬柊。君に……』と語り始めた。

初め、未来の自分だと名乗る電話の向こうの相手を鵜呑みには出来なかった。

ただ、無視出来ないのも確かだった。

二〇〇九年七月七日、和泉が事故に遭う。十三年後の今もなお、和泉は眠り続けたままだ。そう言われたからだった。

そして、未来の僕が言ったのは、その事故を止めて欲しい、和泉を助けて欲しいという事だった。

未来のまだ起きていない出来事をどう変えていけばいいのか分からない。それに、語り続ける電話の向こうの自分の言葉を、僕は信じきれていなかった。

だけど学校で、和泉のバイト先が駅前のファーストフード店になったと聞き、それを信じてみようと思ったのだ。

電話の相手は、和泉のバイト先の店名や場所、勤務時間まで正確に言い当てていたからだった。

それから、未来の僕とのやり取りが始まった。

午前六時五十六分からの七分間、午前七時三分まで。その為、僕は和泉と朝の登校をするのをやめた。和泉には生徒会が忙しいからと嘘をついたが、すぐに信じてくれた。

未来の僕は毎日過去をやり直し、二〇〇九年七月七日までに和泉が事故に遭った事実を変えたいと言った。

僕とこの携帯電話で話をすると、未来の僕は二〇二一年七月七日が繰り返され、その度に過去がどんどん変わっていく。あった物が無くなったり、知っている人が知らない人になっていたり。だからそれを繰り返し、和泉の事故を無かったものとして、助けて欲しい。そして、

『私が言う事をメモを取らず全て記憶するんだ。そして私の時とは反対の事をするんだ。君なら出来るだろう』そう言った。

君なら出来るだろう、そう言われ、やらない訳にはいかなかった。

何より、僕は和泉を助けなければいけないからだ。


年が明け、二月になっても僕たちは電話のやり取りをしていた。だが、未来の和泉は目を覚まさなかったし、事故に遭った過去は変わりそうにはなかった。

そして二月三日になった時だった。その日、僕は和泉に修学旅行に行かないと話した。未来の僕は修学旅行に行っていたので、その反対の事をしたのだ。

思っていた通り和泉は怒っていたが、どこかおかしいと思ったのは、翌日だった。

二月四日は僕の誕生日なのだが、朝、会うなり、和泉が突然、携帯電話を見せるように言ってきたのだ。

未来の僕から、履歴は毎回消すように言われていたので疑われはしなかったけれど、和泉が変な事を言った。

『昨日の電話なんだよ』

僕は和泉に電話をしていなかった。未来の自分との関係もあり、僕から和泉に電話をするのを極力避けていた。

電話の表示が『西岡和泉』と表示される時は必ず「和泉？」と最初に聞いていた。

それ以外にも、和泉の様子はおかしかった。

倫理の時間なのに数学のノートを見せろと言ってきたり、何か悩みがあるのかと聞いてきたり、そして一番変だと思ったのは、修学旅行の居残り組の教室に行った時だった。

和泉は、居残り教室の面々を見ると、持っていたリュックサックを床に落とした。分かりやすい動揺だった。

しかも、そんな居残り組に積極的に関わっていった。いつもの和泉だったらあり得ない事だ。

和泉はどちらかというと一匹狼のところがあり、人は人、自分は自分の考えが大きい。

それは出会った頃、小学生の時からそうで、他人との関わりを避けていた。

それなのに、何で今回に限って関わろうとしているのだろう。

未来の僕から電話があった時、和泉の変化について質問をした。だが未来の僕も驚いていて、自分の知らない事だと言った。

だが、それはいい傾向なのではないかと結論づけた。まだ分からないが、和泉の過去が変化しているからだ。

ただただ、和泉の事故を回避し、未来の和泉が目を覚ましてくれるのならば、僕はそれだけでいい。


「後輩にこの携帯届けないか？」

和泉のお化け作戦の後、僕は麻生風太に声を掛けた。自転車の荷台に乗りながら傘を差す風太は「え？」と声を出した後、もう一度「え？」と言った。

和泉から、後輩渡部に仕返ししようと聞いた時、相変わらず和泉の思考回路は僕には到底理解できないと思った。だけどその時、やっぱり僕の脳みそは沸騰しっぱなしだった。

「ちゃんと当人同士で話した方がいいと思うんだ」

「だけど……」

「今は仕返しをして、すっきりしてるかもしれないけど、後悔する時が来るかもしれないから」

「……分かったよ」

林花谷乃から渡部が既に自宅に戻っているのを聞いていたので、自転車を走らせた。

風太は、渡部を玄関先に呼ぶと、先ほどのお化け騒ぎは自分たちの仕業で、足の仕返しのつもりだと話した。

風太は、数分、渡部と話すと、僕のところに戻ってきて、

「悪いな……。なんか話してすっきりしたわ」と言った。

「うん。じゃあ、家まで送るよ」

風太には申し訳ないが、渡部の件で後悔して欲しくないのは和泉だった。和泉は嘘を苦手としていたし、嫌っていた。だから渡部を騙した事で、後々、何であんな事をしてしまったのだと、自分を責めるのは分かっていた。だから、そうならない為に当の本人にケリをつけてもらったのだ。


新学期になり、あの居残り組の面々が同じクラスになった。このことは未来の僕から聞いていたが、やはり和泉の様子がどこかおかしかった。

学校に来ていない作田夏雪の事を聞いてきたからだ。

彼女は入学してから殆ど学校に来ておらず、不登校を続けている。その存在も知らなかったはずの和泉が、なぜ急に彼女の名前を言ってきたのか、不思議だった。

それとなく聞いたが、和泉は惚けるばかりで、答えてはくれなかった。

未来の僕は、自分の知らない過去があると喜んでいた。これで七月七日の和泉の事故

も変化するんじゃないかと。

だけど、僕は不安だった。

たとえ過去を変えたとしても、そう簡単に事実は変えられないんじゃないか。

もし、過去が変わった事で未来が変わったとしても、別の誰かが代わりに不幸になるんじゃないか。

そしてそれは身近な誰かなのではないだろうか？　そう予感していたからだった。

合唱祭当日。夏雪は学校に来なかった。前日、和泉が彼女を参加させようと必死になっていたのを知っていたので、僕は彼女を迎えに行く事にした。

和泉がなぜ彼女を気にするのか、全く分からなかったが、和泉に協力しない手はない。

ただ、もしかして和泉は夏雪が好きなのではないだろうか？

そればかりが頭をいっぱいにさせていた。もし、そうならば、僕はどうしたらいいのだろう。

和泉を諦めなければいけないのだろうか。そんなこと出来るのか。今までずっと一緒だった和泉の横に、自分以外の誰かがいるのを許せるだろうか。

だけど、いつかはそういう日が、近い未来に訪れるだろう。

夏雪は思っていた通り、母親に言いくるめられ合唱祭を諦めたようだった。だけど、僕は夏雪の母を説得し始めた。それが僕の不利になるかもしれないと分かっていながら、そうせざるを得なかった。和泉が夏雪を必要としているならば、僕はそれを受け入れるしかないのだ。

だが、それは僕の思い違いだった。和泉は夏雪を好きではなかった。和泉からその話を聞いた時、平常心を保ってはいたが、僕の胸は躍(おど)っていた。

合唱祭が終わり五月の連休になると、約束した通り、和泉のお母さんの病院へと向かった。

未来の僕が、和泉は生前のお母さんに会えなくて後悔していたと言っていたからだった。

だから、僕は和泉に誘われた時、躊躇なく一緒に行く事を了承し、そしてお母さんとの写真を撮った。和泉は照れ臭そうにしていたけれど無理矢理撮った。この写真が和泉がお母さんと撮る最後の写真になるからだった。

帰りの電車の中は静かだった。二人が何を話したのか分からなかったけれど、大切な事だったのだろう。和泉は何度も僕にありがとうと言った。

その時の電車から見る風景があまりにも美しくて、僕は和泉と初めて出会った時の事を思い出していた。

林花谷乃が和泉を好きなのは知っていた。

修学旅行の居残り組の時から、花谷乃は和泉を目で追っていたし、それ以降、同じクラスになってからも和泉を見ていたからだ。

当の本人である和泉は、そういう系に疎くて、花谷乃の気持ちに気付かなかったが、富士急に行った帰り、花谷乃は送っていく僕に、顔を真っ赤にしながら、一年前の和泉との出会いを教えてくれた。

二年生の春ぐらいから、花谷乃は友人たちにパシリ扱いをされていた。自分でも嫌だと思っていたが笑って誤魔化していた。そんなある日、友人たちの昼食のパンを購買部に買いに行った帰り、パンを落として踏まれてしまった。

近くを歩いていく生徒たちが花谷乃を無視する中、和泉だけは一緒にパンを拾い、そして踏まれたパンを自分のパンと交換してくれたのだと言う。

その間、和泉は、何でこんなにパンを持っているのかとか、何で泣きそうな顔をしているのかとか、何も言わなかったらしい。

僕が「そういう奴だよね、和泉って」と言うと、花谷乃は「うん」と答えて、その時も泣きそうな顔をしていた。

「あの人たち、どうするの？」

「……うん」

「怖いの？」

花谷乃は何も答えなかった。だから僕は、「自分の事に自分で立ち向かわないで誰が立ち向かうの？　自分で自分を見捨てるの？和泉だってそう言うはずだよ」と言った。

花谷乃は、何度も躊躇った後、小さく「うん」と返事をした。

そして、花谷乃は、友人関係を清算したのだ。


和泉は人に興味がない、面倒だといつも言っている。だけど、そんな和泉の周りには人が集まり、それが和泉の性格を表していた。

だから、和泉のお母さんが亡くなってから、月子や風太、花谷乃や夏雪が、どこかに行こう、和泉をどこかに連れて行こうと言った時、いつかはこういう日が来るだろうと予測していた。

僕は修学旅行の代わりとして、和泉と二人だけの旅行を計画していた。近場の安曇野のホテルに一泊二日。和泉はそんな旅費は出せないと言うかもしれない。その時は父さんに割引券をもらったと嘘をつくつもりだった。

だけど、この計画に皆は入っていない。入れるつもりもなかった。性格が悪いと言われようが、何を言われようが、僕は和泉と二人だけで行くつもりだったのだ。

「安曇野なんてどう？」

「あ、近いしいいかも、川とかって癒されるし」

「私、お弁当作っていくね」

「あたしはお菓子準備する」

「ねぇ、一ノ瀬君、いいでしょ？」

だけど仲間たちが安曇野行きの話をし始め、なるほどそういう事かと納得した。僕はひと言も安曇野と言っていないのに、僕らの未来は、もう既に、レールが敷かれていたからだ。

それに、未来の僕が言うように、以前とは別の未来を作らないといけないと考えると、皆で行かないといけない気がした。だから僕は皆との安曇野行きを了承した。


旅行から戻ってきて、テスト勉強をしている頃、数学の教師に言われ、ノートを集めると、和泉のノートが何故か二年生から持ち越しているノートなのに気付いた。

ノートが勿体ないから、そのまま使っているのだろうか？

だけど、そうじゃなかった。

ペラペラと前の方から捲っていくと、二月九日の頁に『七月七日　十三時』『ペトリコール　事故　駅前バス停　話したいこと　注意　約束』と書いてあったのだ。

しかも、その時には知り合っていないはずの『麻生風太　吉野月子　林かやの　さくたかゆき』の名前も。

どうして和泉が事故の事を知っているのだろう。ましてや、二月九日にだなんて。

皆と出会う前に皆の事を知っているなんて。

それに、書いてあるその全ては、僕が未来の僕に聞いた話と正確に一致していた。

思わず自分の数学のノートに、

『七月七日　ペトリコール　注意　約束　月子　風太　花谷乃　夏雪』と書いた。

翌朝、未来の僕に、この事を報告した。

未来の僕も驚いていたが、後から書いたものじゃないかと言われた。だけど僕にはそう思えなかった。

そして、もう一つ、僕は和泉の変化に気付いていた。

和泉の月子を見る目が、いつもと変わっていたのだ。

それまでも、花谷乃を含め、和泉は色んな女子からアプローチをされていた。

ただ和泉は鈍感な為、そういう女子たちの気持ちに気付かなかったし、和泉自身、恋愛にも興味がなさそうだった。

和泉は、吉野月子が好きなのだ。

「吉野さんのこと気になるの？」と聞いた時の和泉の慌てよう。

「な、何の話だよ。俺は外を見てたんだよ、雨降らないかなって」と言ったそばから月子を目で追ってしまう姿。

夏雪の時とはまた違う、興味のある目。

本人は認めないかもしれないけれど、絶対にそうだ。

テスト最終日。僕は和泉を昼食に誘った。最終日は午前中でテストが終わる為、いつも昼食をどこかで食べていたのだ。

だけど、今回に限って和泉はそれを断った。分かりやすい動揺に何かを隠しているのは明白だったが、全てが判明したのは、その日の夜だった。

午前二時ちょうどに、和泉から電話がかかってきたのだ。

『もしもし？　オヤジ？　何で今まで電話に出なかったんだよ！』

和泉は、僕にかけてきているはずなのに、何故か『オヤジ』と言った。だから僕は口をつぐんだ。

『もしもし、オヤジ？　聞こえないのか？』

オヤジとは一体誰なのだろう。

『こっちは、二〇〇九年六月二十二日だ。テストが終わったばっか』

和泉は、突然、日付を言った。しかも年号付きだった。それは、僕と未来の僕が確かめ合う時と同じだった。

『もしかして、声が出せない環境にいたりする？　近くに誰かいたり？』

一か八かでコツコツと受話器を叩く。

『そうか分かった。イエスなら二回、ノーなら一回で返事して』

電話の向こうの和泉は理解した様で、もう一度コツコツとイエスの合図を鳴らした。

もう少し話したかった。そうすれば和泉が隠している何かが聞けるはずだ。

『この間の、仲間の中に事故に関わる奴がいるって話だけど、あれってどういう意味なんだ？』

今、和泉は事故と言ったよな。間違いではない。しかも、その事故に関わる奴が、仲間の中にいる？　どういう事なのか。

『あぁ、そうか、声が出せないのか。えっとじゃあ……この間、俺が見た風太の件と関係あったりするのか？』

『じゃあ、林か？　林花谷乃？』

『じゃあ、作田？　作田夏雪？』

『まさか、吉野……吉野月子？』

和泉は、僕が考えを整理している間もずっと話し続ける。

『なぁ、イエスノーで返事しろって言ったのに、何でしないんだよ。二時七分までもう少ししかないんだぞ』

『そういえば、そっちは全員集まったのか？　だから柊の事故をおこした奴がこの中にいるって分かったんだろ？　ってか、そんなんで、皆に七月七日の事故の話してもいいのか？　どうしたらいいんだ？　もう時間ないぞ。まぁ、あの中に関係してる奴がいるかもしれないって言われても、俺は信じられないんだけど、あのノートの事って嘘なんじゃねぇの？』

『なぁ……もしかして、そっちで最後に来たのって吉野だったりする？　何か、高校生の頃の話したりしたか？』

『俺、今日さ、テストが終わってから吉野と会ってたんだ。勉強教えてもらったお礼だったんだけど、二人で行きたかったから……だから柊に嘘ついたんだ。俺、吉野の事……』

という声を聞き、僕は思わず電話を切った。

そうだろうとは思っていても、和泉の口から、月子の話を聞きたくなかった。

僕に嘘をついた和泉の言い訳なんか聞きたくなった。

「やっぱり、和泉は事故の事、知ってるみたいです」

翌朝、僕は、未来の僕に和泉の電話の件を話した。和泉は明らかに七月七日の事故を知っていた。そして、電話で現在の年月日を言っていた事を考えると、もしかしたら和泉も未来の自分から電話がかかってきていて、事故の事を聞いたんじゃないか、と説明した。

未来の僕は、まさか、そんな事。と絶句していたが、あのノートに書かれていたのが本当に二月九日に書かれていたのだとすれば、辻褄があう。

だけど、話していた内容は未来の僕が言っていた内容とは違う様だった。

事故に関わっている人が仲間の中にいる。しかも、和泉は『柊の事故』確かにそう言っていたのだ。

未来の僕の世界では、事故には和泉が遭っている。トラック運転手の前方不注意だと言っていた。和泉の中では、事故に遭うのは僕という事なのだろうか。

だが、未来の僕も、変わっていく過去の事実は分からない様だった。

「和泉に、僕の気持ちは分からないよ。一生ね」

文化祭の準備をしている時だった、僕は和泉と初めての喧嘩をした。

許せなかった。和泉が嘘をついてまで月子と一緒にいようとした事が許せなかった。

嘘を嫌っていたはずの和泉が、嘘をついたのが許せなかった。僕の気持ちに気付かない和泉が憎かった。だから月子を使って、和泉を苦しめたかった。

一年生の頃から生徒会で一緒だった月子に告白されたのは二年生の終わり頃だった。

だけど僕は、好きな人がいる、とそれを断っていた。

三年になっても、月子がまだ僕を好きなのは知っていた。だからわざと彼女に気のあるようなそぶりを見せたのだ。

ただ、彼女がその事で後夜祭に誘ってくるとは思わなかった。和泉に彼女を誘ってもいいかと言ったのは、ただ和泉の気持ちを確認したかっただけだ。

性格が悪いと言われようが、何を言われようがいい。

ただ、僕は和泉を誰にも取られたくなかっただけなんだ。


再び、和泉から電話がかかってきたのは、七月三日の夜だった。文化祭は雨のため延期になり、七月六日と七日に行われる事になった。

いよいよ二〇〇九年七月七日が目前に迫り、未来の僕は焦りが隠せない様だった。

いくら七月七日を繰り返しても、未来で眠る和泉は目を覚まさず、事故に遭った事実は変化しそうになかったからだ。

『もしもし、オヤジか？』

先日と同じように、電話を取ると、すぐに和泉が言った。

オヤジというのは、未来の自分の事を言っているのだろう。和泉らしい。

『もしかして、また声が出せない場所にいるのか？』

コツコツとイエスの合図をする。

『実は、文化祭なんだけど、四日と五日に行われるはずだったのが、雨のせいで、六日と七日に変更になったんだ。オヤジの時、七月七日は文化祭の振替休日だったんだよな？』

やはり、和泉は七月七日に何が起きるか分かっているのだ。

コツコツ。二回音を出す。

『俺がこの間話した、風太が後輩と掛井に会ってたって話なんだけど、あれ誤解だったんだ。風太は、柊に言われて後輩の渡部と仲直りしたらしいんだ。で、その渡部から、今度は助けて欲しいって相談を受けて、風太は掛井と話をしたらしい。どうやら渡部は、あの、えっと、そう美人局っていうやつに引っかかって、掛井に脅されてるみたいなんだよ。俺も掛井と話したけど、相変わらずムカつく奴でさ』

掛井？　今、掛井って言ったか？　それって、中学が一緒だった掛井の事？

『あいつらは関係ないんだ。だから柊の事、話してもいいよな？……七日の柊の事故に、掛井が関わってるんじゃないか？　俺、その事もあって、柊に掛井の話はしてないんだ。巻き込みたくないから』

『柊の運命が変化すると、他の誰かが事故に遭うかもしれないんだよな？』

『でも……そしたら、今、そっちの世界では何が行われてるんだ？　柊の運命が変わったというなら、柊の十三回忌は行われてないよな？　柊はあんたの目の前にいるんだよな？　もしかして、だから声を出せないのか？　なぁ！　そうなんだろ！　答えろよ！』


和泉に問い詰められ、思わず声が出そうになり、電話を切った。

今、聞かされた事実が信じられなかった。

和泉は、やはり僕の事故を防ぐために行動していたのだ。そしてその事実は、僕と同じように、未来の自分から聞かされたに違いない。


七月六日、文化祭一日目。僕は朝六時に起き、未来の僕からの電話を待った。

窓を開けると、雲一つない晴天で昨日の天気が嘘の様だった。微かに蟬の鳴き声も聞こえている。

明日はいよいよ七月七日になる。明日を迎える為に、僕には一つ提案があった。

和泉が月子を好きだと知った瞬間から頭の片隅にあった考えだった。この提案を聞いた時、未来の僕はどう思うだろう。

午前六時五十六分になり、携帯電話が鳴ると一コール目で電話を取った。時間を無駄にしたくなかった。

『もしもし？　一ノ瀬柊か？』

「はい」

僕たちはいつもの様に名前を名乗るところから始めた。未来の僕は、和泉が未だに眠ったままで目を覚まさない事を嘆き、このまま明日になってしまえば和泉は、一生、目を覚まさないのではないかと悲しみの声を漏らした。

「だけど、そうすれば、和泉は永遠に僕たちのものですよね」

電話の向こうの僕は、何も言わなかった。ただ唾を飲みこむ音が受話器の向こうから聞こえただけだ。

これが僕からの提案だった。

もし、このまま眠ったままでいるならば、和泉は永遠に僕のものだ。月子でもなく、他の女子でもなく、誰に取られる事もない。

『何を言ってるんだ』

絞りだす声が聞こえた。

「酷い事を言ってるのは分かってます。だけど、あなただって、一度は考えたんじゃないんですか？」

未来の僕が僕ならば、絶対に考えたはずだ。残酷と言われようと、なんと言われようと、和泉を手に入れられるならば、このまま過去を変えずにいようと。

他の誰かのものになるくらいならば、このままでいる方がいいのだと。

眠り続ける和泉を僕の手中にと。

だけど、未来の僕は、一瞬の間を置き、

『それでいいのか、それで君はいいのか』そう呟いた。

『今、君の顔を和泉が見たら、なんて言うと思う』

僕は窓ガラスに映る自分の顔を見た。ガラスに反射して映る顔は、到底和泉に見せられるような顔ではなかった。卑しく、自分の都合だけを考える見苦しい顔つきだった。

『信じてるからな』

そういうと、電話はブチンと切れた。時計を見ると、午前七時四分になっていた。

僕は昔から自分が嫌いだった。どんなに誰かに好きだと言われても自分自身が嫌いだった。成績で上位を取っても、父や母にどんなに褒められても嫌いだった。

だけど唯一、和泉と一緒にいる時の自分は好きだった。まるで世界の全ての人に認められているような気持ちになれたからだ。

それなのに僕は、そんな和泉の運命を見て見ぬふりしようとしたのだ。自分のエゴの為に。

僕は急いで荷物を持つと、自転車を走らせた。

学校へ着き、急いで家庭科調理室へ向かうと、既にクラスメイトは準備を始めていて、その中に月子がいた。

僕はクラスを月子に任せ、誰も使用していないパソコン準備室に籠った。

そこで、未来の僕からの話と和泉の話を照らし合わせ、明日を迎える覚悟と作戦を練る為だった。

もし、未来の僕に、僕の提案を拒否された時の為に、もう一つプランを考えていたのだ。

僕の覚悟を聞いたら、和泉は怒るだろう。だけど、もうこれしか僕には残っていない。和泉を助けるには、これしかないのだ。

明日の作戦を練り、午後四時前になると、未来の僕に言われた通り、家庭科調理室に足を向ける。

和泉からの電話で掛井の話題が出た後、詳しく話を聞いていた。

未来の僕は、過去の記憶が更新された未来の風太から、掛井の話を聞いてくれていたのだ。

今、二年生のクラスでは、和泉と掛井が対立している頃だろう。そこに月子も加わり、大変な騒ぎになっているはずだ。

調理室に行くと、商品が完売になった事で、クラス全員が出払っていた。皆、各々文化祭を楽しんでいるはずだ。

僕は、「皆、ごめん」ひと言謝ると、火災報知機に火を近づけ、作動させた。

その後、スプリンクラーも一緒に作動した為、校内は水浸しになり、二日目の文化祭は中止になった。ただ、生徒からの要望で後夜祭はその日の夜に行われる事になった。

毎年、後夜祭は屋上で和泉と一緒に過ごしていた。

だが、今年はその約束もしていなかった。和泉は月子と過ごしているのかもしれない。

後夜祭の合図であるキャンプファイヤーに火が灯った時だった。屋上に、和泉が現れたのだ。

「もしかして、スプリンクラー作動させた?」

和泉は僕と同じ様に金網の前に立ち、聞いてきた。

「何の事?」

軽音部の奏でる音が、空に響いている。

「あ、あのさ」

言いたい事は分かっていた。月子とのことを説明したいのだろう。そして謝ろうとしているのだ。だけど、そんなこと聞きたくなかった。だから、和泉の言葉を止めた。

「今年もここで和泉と見たかったんだ」

他の誰でもなく、僕は和泉と一緒にいたかったんだ。

「ごめんな、和泉」

僕は、和泉の未来を見て見ぬふりしようとした事を謝った。そして、明日僕がしてしまう事を。

後夜祭が終わり、生徒会室に顔を出すと、三年二組に戻った。だけど教室には花谷乃と夏雪の姿はあるのに、和泉の姿がなかった。

「和泉は？」と聞くと、

「西岡君ならもう帰ったよ、なんか用事があるとかなんとか言ってたけど」と花谷乃が答えた。風太も用事があるとかで早々に帰ってしまったらしい。だがそれは掛井の事で後輩渡部と警察に行く為だ。

じゃあ和泉は何故急いで学校を出たんだ。

僕は和泉のバイト先へと向かった。和泉に聞いて欲しい事があった。明日を迎える前に和泉に知っていて欲しい事があった。最後に僕の気持ちを知っていて欲しかった。屋上では決心できなかった僕の気持ちを知っていて欲しかった。

だけど、バイト先に和泉の姿は無く、今日は休みだと告げられた。

どういう事なのだろう。

用事があるというのは、バイトだったのではないのか？

それとも和泉は、未来の自分から何かを聞かされているのだろうか？

和泉の自宅に行くと、部屋に灯りが点いていた。チャイムを押し、出てきてもらおうか。

人差し指をインターホンに向けるも、躊躇い、手を下ろす。

バイト先に和泉がいたら伝えられた気持ちも、状況が変わってしまったら、誰かに止めておけと言われている気がした。

だけど……。

もう一度、部屋の灯りを見る。カーテン越しに動く人影が見えた。和泉はまだ起きているのだ。

もし、五分待って、和泉が窓から顔を出したら……その時は、僕の気持ちを伝えよう。

一分が経ち、二分、三分、四分、五分が経った。

和泉は窓から顔を出さなかった。

ゆっくりと目を瞑(つむ)る。

これが、僕の運命というものなのだ。

目を開け、もう一度、部屋の灯りを眺めると、歩き始めた。

五分ほど歩き、自宅に着く。いつの間にか雨が降っていて、着ていた制服は雨で濡れていた。

そして、その日の午前〇時になった瞬間だった、和泉から電話が鳴ったのだ。

『もしもし、オヤジか？』

その一言で、かけてきたのが、和泉だと分かった。

普段は午前二時にかかってくるはずなのに、おかしいと思いながらも、イエスを意味する合図をならす。

しかし、ふぅと吐息が漏れる音がし、和泉が言ったのは、

『お前……柊だろ』だった。

どうして気付いたんだろう。声を出していないのに、和泉は、どうして……。

未来の和泉が告げたのか、それとも他の何かで気付いたのか分からなかった。

だけど、もう僕の気持ちは決まっている。

「明日、話したい事がある」

電話の向こうの和泉は何も言わなかった。

だから僕は、

「十三時、学校に行く前に、家に来て欲しい」

そう一方的に告げると、電話を切った。

朝になると、今までかかってきていた未来の僕からの電話が鳴らなくなっていた。

何かがあったからなのか、それとも、今日、七月七日が運命の日だからなのか、分からなかった。

朝一番に、和泉以外の、風太、夏雪、花谷乃、月子に電話をかけ、ファミレスに集合する様に呼びかけた。その際、携帯電話を切っておく事も伝えていた。

和泉と会わないように家を出、学校に行く。そして数学のノートを机の中に置いた。時間を稼ぐ為だった。

和泉が電話で言っていた『あのノート』というのは、この僕の数学ノートなのだろう。和泉は以前、倫理の授業の後に、数学のノートを見せる様に言ってきた。あの時、ここに書かれている言葉を確認したに違いない。そしてそれを、未来の和泉から聞かされていたに違いないのだ。

十三時に家で約束したが、和泉の事だからもっと早く来るはずだ。そして学校に僕を探しに来るだろう。

その際、きっとこのノートを見つける。そして、最終的に駅前のバス停へと足を向けるはずだ。

だけど、僕はそこにはいない。

誰もいない教室を入り口から見渡す。三年間、和泉と同じクラスだった事を感謝し、頭を下げた。

学校近くのファミレスで待っていると、約束の時間に夏雪がやってきた。

「どうしたの？　一ノ瀬君が呼び出すなんて」

夏雪は、もう以前の様なおどおどした感じは無くなっていた。人は二か月でこんなにも成長し、変われるのだと証明してくれたのは彼女だ。そしてそのきっかけを作ったのは、和泉だ。

僕は、色んな説明を省き、ただただ、和泉を頼むとお願いした。もしかしたら、お母さんが亡くなった時の様に、またご飯が喉を通らなくなるかもしれない。

そんな時はご飯を作ってあげて欲しいと頼んだ。

夏雪は、「どうしてそんな事を言うの？」と質問してきた。

「一ノ瀬君、どこかに行くの？　それは西岡君に秘密なの？　だから電話の電源を切らないといけないの？」

夏雪は神テンの一員だけあって、察しが良い。でも、全てを話せなかった。これから僕がする事を話せなかった。だから、僕は、

「お願いします」とだけ言い頭を下げた。夏雪はそんな僕を見て、それ以上何も言わなかった。

夏雪と話が終わると、次は花谷乃の番だった。

「どうかしたの？」

開口一番は、夏雪と一緒だった。この二人は、外見や性格は全く違うがどこか似ていて、本人たちも馬が合うのか、いつも一緒にいる。ピアノという共通点がそうさせてい

るのかもしれない。

夏雪同様、花谷乃にも説明を省き、ただ、和泉の為にピアノを弾いてくれないか、とお願いした。

「和泉は林さんのピアノを気に入っていたから、寂しがっている時に弾いて欲しいんだ。知ってると思うけど、和泉は寂しがり屋だから」

「別にいいけど、あたしじゃなくて、一ノ瀬君がそばにいてあげたらいいんじゃないの？ そしたら西岡君だって寂しくないと思うけど」

「うん。その時はそうする。ただ、僕がいない時は頼むよ」

「うん……分かった」

花谷乃は僕を訝しげに見ながら、少し離れた席にいる夏雪と合流した。夏雪と花谷乃は、二人で僕を見ながらコソコソと話している。多分何を言われたのか確認しあっているのだと思う。

続いて、やってきたのは、風太だった。

「いやぁ、雨上がりは暑いなぁ」とシャツをパタパタとしてドカッと椅子に座ったのを見て、僕は窓の外を見る。

昨夜から降り始めた雨はいつの間にか止んでいて、蟬がこれでもかと鳴き始めていた。

「何だよ話って、あれ？　あそこにいるの林と作田じゃん」

風太は二人に手を振った。

「携帯電話切れって、何事？　和泉、また何かしでかしたの？」

店員が運んできた水を一気飲みすると、風太はドリンクバーを注文した。

「で、何、何があったの？」

風太はワクワクした顔をしていたが、話を聞いているうちに、分かりやすく沈んでいった。

「もしかしてだけど、一ノ瀬、どこか行くのか？　だから今日集まってるの、和泉に秘密なのか？」

風太には、常に和泉のそばにいて欲しいと告げていた。そして、一番重要な事を。

「これは、メモをしないで記憶していて欲しいんだ。十二年後の今日、七月七日に、僕の数学のノートを和泉から盗んで欲しい」

風太は、話が上手く呑み込めないようで、口を半開きにしている。まるで目の前に絶滅したはずの恐竜でも現れ、驚きから何も言えなくなっているかの様に。

「何だよ、盗むって」

「もう一度言うよ。十二年後、二〇二一年七月七日に僕の数学のノートを和泉から盗んで欲しい。場所は分からないし、僕がいるかいないかも分からない。でも和泉は必ずノートを持ってるから、気付かれない様に持ち去って欲しいんだ。そして何を聞かれてもしらを切って欲しい」

これは賭けだった。もしかしたら、風太のこの記憶も更新されてしまうかもしれないが、和泉の運命を変える為には頼むしかないのだ。

「何で自分で和泉に返せって言わないんだ」

「それは……」

「それに、何で十二年後なんだ？　何で十二年後にあいつが持ってるの知ってるんだ？」

風太は、疑問をそのまま口にした。夏雪はそのまま分かったと言ってくれたが、説明した方がいいのだろうか。だけど、説明したところで分かってはくれないだろう。僕だって初めは信じられなかったんだから。

「まぁ、いいや、分かったよ。二〇二一年七月七日だな」

僕の険しい顔を見たからか、風太は、詳しい説明も聞かず分かったと言ってくれた。

「助かるよ、僕はもう、そばにいてやれないからさ」

「お前、まるで、これから死ぬみたいな言い方するんだな」

風太の顔は、いつものお気楽な顔とは違う、真面目な表情になっていた。

「入院とか引っ越しとか、そういうんじゃないなら、和泉には言わない方がいいぜ、あいつ敏感だろ、そういうの」

　何だか、急に、鼻の奥がツンとした。それは和泉を分かる人がそばにいる嬉しさなのか、嫉妬なのか分からなかった。ただ、なんだか急に寂しくなったのは確かだった。

　和泉との別れが、仲間との別れが寂しかった。もっと一緒にいたかった。仲間というものが、こんなにも頼もしいものだと知らなかった。

　運命なんかくそくらえと暴言を吐きたい。

　どうして僕たちにこんなふざけた運命を与えるのか。

「それとも、本当に引っ越しすんのか？」

「……うん。遠くに行くつもり」

「いいのかよ、このままで……好きなんだろ和泉の事」

　すっと風太の顔を見る。風太も僕の事を見ていた。

　だけど、風太はからかう様子もなく真剣な顔をしていた。だから、僕も素直になる事が出来た。

「いつからだ？　いつから和泉を」

「麻生は分かるのか、その瞬間が」

　人を好きになるその瞬間が。

「俺は……」

風太は、振り返ると、離れたところにいる夏雪を見た。夏雪は花谷乃とのおしゃべりに夢中で、僕たちが見ている事に気付いていていない。

「いつからなんて分かんないよ。雨の始まりが曖昧なように、晴れの始まりが曖昧なように、それは突然始まってるんだから」

僕がふっと笑うと、風太は「そうだな」そう呟いた。

風太が、夏雪や花谷乃の席に合流して、最後にやってきたのは月子だった。

真っ黒な髪をさらさらと揺らしながら席につく。彼女ときちんと話をするのは、後夜祭を断って以来だった。

月子も、風太たちを見つけると、手を挙げ挨拶をする。

「皆、集合してるのね。西岡君はいないみたいだけど、携帯電話切ってる事と何か関係あるの？」

彼女はまるで何もなかった様に普段通りだった。

月子にも今まで同様、詳しい説明を省き、話を始める。

「これは、メモをしないで記憶していて欲しいんだ。十二年後の今日、七月七日に、僕のこの携帯電話を壊して欲しい」

彼女の目の前に、濃いブルーの携帯電話を置く。

「その場所に、僕がいない場合、そうして欲しいんだ。そして和泉に何を聞かれても、しらを切って欲しい」

「どういう事？　いないって。一ノ瀬君、どこかに行くの？　それに……どうして今しないの？　壊して欲しいなら今すべきじゃないの？」

　僕は静かに首を振る。

「今じゃないんだ」

　これは僕の予想だが、今、ノートを隠し、携帯電話を壊してしまうと、また違う未来が出来上がる様な気がするのだ。

　それに別の違う方法で、携帯電話とはまた別の方法で、過去と未来が繋がるのではないだろうか。例えば手紙とか。日記とか。

　それならば、このまま手元に残しておき、十二年後、僕がいない事を確認してからノートを隠し、携帯電話を破壊した方がいい。

　月子は理解していないのだろう。説明を求めるようにジッと僕を見つめてきた。ただ、僕はその説明に答えようとはせず、

「……これからも、和泉のそばにいて欲しい」そう告げた。

「どうして私なの？　一ノ瀬君がいてあげればいいでしょ？」

「好きな人が自分のそばにいてくれるほど、頼もしい事はないだろ」

　その意味が何を示しているのか、月子だったら説明しなくても分かるだろう。

和泉が月子を好きなんだって事を。

「一ノ瀬君って残酷よね。私に、そういうことを頼むなんて」

月子は、そう言うと、風太たちの席に向かった。

これで終わりだ。これで僕の役割は終わる。

月子が席に合流すると、各々飲み物を取りに行った。時間になるまでここにいてもらうつもりだった。

「僕、一瞬学校に戻るから、ここで待っててくれる。和泉がいたら連れてくるよ」

十三時になる少し前だった。皆に声を掛けるとファミレスを出た。

風太たちは、「分かった」と言い、何の疑いもなく再び雑談を始めていた。

ごめんな。

僕は、これからすること、そして、そんな僕に関わらせてしまった皆に心の中で謝った。

店を出、国道を歩き始めると、クラクションの音と共に声が聞こえた。

気のせいかと思ったが、振り返ると、道の向かいに和泉が立っていた。和泉は自転車を乗り捨て走ってくる。

「柊!」

どうして、ここに和泉がいるんだ。駅前にいるはずなのに。どうして。

「俺も話があるんだ！」

和泉が叫んでいる。

止めろ、止めてくれ。

僕は和泉めがけ、走り始める。足が絡み合い、真っ直ぐに走れなかった。向かいの歩道では、和泉も僕めがけ走ってきていた。

駄目だ、駄目だ。

「和泉！　来るな！」

僕の声が、大きなクラクションの音と共に消え去った、その瞬間だった。

世界が波打つように歪み始め、周りがスローモーションの様にゆっくりと動き、人生を巡るように走馬灯を見た。

和泉と一緒の中学時代。そして和泉と出会ったあの日。ペトリコールが漂う小学校の校庭。

ゆっくりと流れる走馬灯は、ブクブクと躍らせてくれた和泉との出会いを思い出させてくれた。

エピローグ

「今日久しぶりに高校の頃の先生にあったんだ」

しまっているカーテンを引き、窓を開けると真っ白な霧が山を覆っていた。先程まで雨が降っていたせいだろう。

「今は隣の町で、校長先生をしてるんだってさ」

空気の入れ替えを終えると、窓を閉め、振り返った。真っ白い部屋の真ん中にベッドがあり、白い布団に包まれ、和泉が眠っていた。

ベッドまでやってくると、薄っすらと髭が生えている和泉の頬に触れる。日光に当たってないせいで青白い色をしているが、頬には温もりがあった。

今にも『何触ってんだよ』そう言って目を覚ましそうな雰囲気だ。

「最近の子は何を考えてるか、分からないってボヤいてたよ。僕たちの時とは違うって」

返事をしない和泉との世界は静かだった。ベッドの脇にあるモニター音だけが規則正しく聞こえているだけだ。

二〇〇九年七月七日にトラックに轢かれた和泉は、それからずっと眠ったままだ。

脳は動いているし、自発呼吸も出来ている。それなのに和泉は目覚める様子はなかった。

僕は高校を卒業すると、実家から通える医学部に進学し、家を継ぐべく医師になった。父に言われたからではない。そうすれば、常に和泉のそばにいられるからだ。大学を卒業し、医師として働き始めると、朝と夜、和泉の病室に寄り、話しかけ続けた。

日常の事、父と母の事、仲間たちの事、沢山の話を僕は眠っている和泉に語りかけたが、それでも和泉は目を覚まさなかった。

「一ノ瀬先生、おはようございます」

「おはよう」

看護師はモニターと点滴を確認し記録すると、「明日は七月七日ですね」そう言って病室を出た。

毎年七月七日の十三時。あの頃一緒だった仲間たちと、和泉の病室で過ごす事になっていた。だけど、明日、二〇二一年七月七日は、僕にとってそれ以上に特別な日だった。長い間、この日を待ち続けていたのだ。

あらゆる準備は出来ていた。和泉の携帯電話は十二年前から契約し続けている。この番号を他の誰かに使われたくなかったからだ。

既に和泉の祖父母は亡くなっているので、僕の両親に和泉の後見人になってもらっていた。

「いよいよ、明日、始まるんだ」

僕は眠り続ける和泉に声を掛け、そして鞄からブラックと濃いブルーの携帯電話を取りだし枕元に置いた。

明日の午前六時五十六分、この和泉の携帯電話で、僕に電話をかければ過去の僕と繋がるはずだ。

ベッドの横にある棚から髭剃り(ひげそ)を取り出すと、和泉の髭を剃り始めた。

「明日は皆が来るから今のうちに綺麗にしないとね」

和泉が眠り続けて十二年、初めは一方的な和泉との会話に虚しさを感じていた。それなのに、僕は次第に満足感を得ていた。

和泉の全てが僕の手中にあるのかと思うと嬉しくて仕方がなかった。和泉をこのまま眠らせていれば、一生僕のものになる。他者に取られる恐怖を味わわずに済む。そう思ったからだった。

「これでスッキリしたね」

棚に道具をしまったその時だった。再びを和泉に目を向けると、和泉の目が見開いているのに気付いたのだ。

「和泉？」

和泉は、天井の一点を見つめている。

「和泉！」

だが、問いかけても、和泉は何も言わなかった。目を開けてはいるが、完全に覚ましたわけではなかった。

意識障害、俗にいう植物状態の人間は、たまに目を開く時がある。涙を流し、手を動かす時もある。

瞬きもせずに見開いている目は、ただ感情もなく天井を見ているだけだ。だが、その和泉の表情は、まるで僕を責めている様だった。僕の邪(よこしま)な気持ちを見透かしている様だった。

「ごめん、和泉、ごめん。目を覚ましたいよね？　また皆と笑いたいよね？」

生きているのだ。そうだ、和泉は生きている。

和泉の目から涙が流れたのを見て、僕は和泉の瞼(まぶた)を閉じた。

唸り声をあげ、目を覚ました。枕元に置いてある携帯電話を見ると、日付は七月七日だった。

もう数えるのも止めてしまったので、今が何回目の七月七日なのかも分からなかった。起き上がると、ベッドのきしむ音が聞こえ、外からは、ざぁざぁと雨の降る音が聞こえた。

白いポロシャツと黒いパンツに着替えると鞄を持って家を出た。

五分とかからず、家の前にある総合病院へ向かい、急いで一番眺めのいい五階の右端の病室へとやってくる。

白い壁に白いカーテン、全てが白い部屋の中心には、ベッドがあり、今までと変わらず、眠り続ける和泉がいた。

僕は和泉の枕元に、ブラックと濃いブルーの携帯電話を置く。

「一ノ瀬先生、おはようございます」

入ってきた看護師に声を掛けられ、「おはよう」と返事をする。

「西岡さん、変わりないみたいだね？」

「はい」

もう何度も交わされた会話だった。微妙な違いはあるかもしれないが、前回、前々回、その前の七月七日と同じ会話だ。

二〇二一年七月七日午前六時五十六分。僕は和泉の携帯電話を使って『シュークリーム』に電話をかけた。

初め、十六歳の僕は、話を信じようとはしなかった。だが、和泉がバイト先を変える事、そのシフトなどの話をしたら、信じた様だった。

それからの話は早かった。僕は過去の僕に毎日電話をかけた。それによって七月七日が繰り返されるからだ。

電話をし、朝起きると二〇二一年七月七日に戻った。そして直ぐに病室を訪ねる。だが、相変わらず和泉は眠ったままだった。

和泉に異変が無いのを知ると、午前六時五十六分を待ち、電話をし、そしてまた七月七日を繰り返した。

二〇〇八年十一月二十五日から二〇〇九年七月七日まで八か月もない。その間に毎日電話をし、和泉の過去を変えるしかない。

だが、何度七月七日を繰り返しても、和泉は目を覚まさなかった。

ただ、一縷の望みがあった。それは、和泉が未来の和泉と連絡を取り合っていた事だった。

六月に入った頃、過去の僕が報告してきたのだ。

『和泉は七月七日の事故の事を知っている。未来の自分と話しているようだ』

要するに、和泉が生きている未来があるという事だ。

もしそれが本当ならば、僕が七月七日を繰り返した事で変わった過去なのかもしれない。

ただ一つ、気がかりなのは、未来の和泉が過去の和泉に何を話したかという事だった。

もしかしたら、それが原因で、和泉は目を覚まさないのかもしれないと。

それからも電話のやり取りは続いた。だが、和泉はいくら経っても目を覚まさなかった。


看護師は一通りの仕事をしていくと、病室を出て行った。

僕は、そのまま部屋にとどまり、眠り続ける和泉を見ていた。昨夜から降り続いている雨はまだ止みそうになく、シトシトと音を立てている。

和泉が目を覚ましたら、話したい事があった、伝えたい事があった。曖昧に始まったはずの僕の気持ちを伝えたかった。

「久しぶりだな」

昼過ぎにやってきたのは、風太だった。

風太は、和泉の顔に触れると、変わりない様子に複雑な表情を見せ「元気そうだな」と言った。

次にやってきたのは、夏雪と花谷乃。二人は今でも仲がいいらしく、連絡を取り合っているらしい。二人とも風太同様に、和泉の髪に触れたり、頬に触れたり、様子を聞いてきたが、変わりない事に「そう」「そっか」と言ったきりだった。

最後にやってきたのは、東京に住んでいる月子だった。

この後、また直ぐ東京に戻るのだろう、スーツ姿の月子は仕事用の鞄を持っていた。

そして、ベッドで眠り続ける和泉を見ると、「変わりないのね」と言った。

皆が、眠り続ける和泉を取り囲むように座り、僕は窓際へと移る。

「なぁ、一ノ瀬、十二年前に約束した話、どうする？」

七月七日を繰り返す度に、風太に尋ねられた質問だった。僕の更新されない記憶とは違い、仲間たちは七月七日を繰り返す度に記憶が更新されていたからだ。

「約束って何の事？」

「一ノ瀬の数学のノートを隠すって話」

花谷乃の質問に風太は答える。

「何それ？」

花谷乃は、窓際にいる僕を、答えを求める様に見る。

「私には、一ノ瀬君の携帯電話を壊すように言ってたわ」

僕は、十二年前、風太と月子に、僕のノートを隠し、携帯電話を壊すように、お願いしている様だった。

だが多分、それは未来の和泉がいる世界でやって欲しかった事だろう。

窓を開けると、雨のせいか、うすら寒い空気が入ってきた。もう少しで雨が止むのか、山の向こうには青い空が見えている。

ペトリコールを嗅ぐと、パラレルワールドに紛れ込んだような不思議な気持ちになる。そう言ったのは小学生の頃の和泉だった。

雨が上がり、誰もいないグチャグチャの校庭の端で、和泉が鼻をひくひくさせ、辺りの匂いを嗅いでいたのだ。

僕は以前から、雨上がりのあのなんとも言えない匂いが気になっていて、調べていたから、「この匂い、ペトリコールっていうんだ」と教えた。

「名前なんかあったんだ」

「ギリシャ語で石のエッセンスって意味だよ」

「へぇ石ね。でもここって石っていうより、土なんじゃねぇの？」

「あぁ、確かにそうだね」

「なんか不思議なんだよな。なんつぅか、この匂いのせいで見慣れた街とはまた別の街に紛れ込んだっていうか」

「パラレルワールドって事？」

「あぁ、そうそう、そんな感じ」

和泉の疑問は、僕には到底考え付かない様なもので、その時、静まり返っていた僕の脳みそは、ブクブクと沸騰するように興奮していたのだ。

いつの間にか雨は止み、山裾には霧がかかっていた。ペトリコールの不思議な匂いがあたりに充満している。

僕は胸いっぱいに空気を吸い込む。土とアスファルトのなんとも言えない匂いが鼻孔をくすぐったその時だった。突如、部屋中に音が鳴り響いた。

「な、なんだ」

突然の音に驚き慌てふためく風太は、辺りをキョロキョロとしている。

それは、どこかで聞いた事のある音だった。懐かしい音だった。

今度は、音と共に声も聞こえてきた。バラバラに聞こえてくる声、アルトやソプラノにテノール。

「これじゃない？」

夏雪の声に、一同が振り返ると、ベッドの脇に置いていた携帯電話が光を放ちながら音を鳴らしていた。

鳴っているのは、濃いブルーではなくブラックの和泉の携帯電話だ。

「これって、西岡君のだよね？」

花谷乃は、懐かしそうに電話を手に取り、皆に見える様に携帯電話を開いた。

皆で取り囲むように見ると、画面にはカレンダー機能が表示されていて、二〇二一年七月七日の十三時にアラームが鳴る様にセットされていたようだった。

しかも、画面に映っているのは、合唱をしている生徒たちの動画だった。画質が荒く、音もところどころ割れている。だけど、それは確かに、あの頃僕たちが歌ったものだ。

「これって、COSMOSだよね、私たちが合唱祭で歌った」

「この動画、俺が撮ったやつだよ。作田を合唱祭に連れ出そうって、和泉に送ったやつだ」

「私も覚えてるわ」

風太や花谷乃、夏雪は、懐かしそうに携帯電話を見ている。

だけど……おかしい。今まで繰り返した七月七日に、この携帯電話のアラームが鳴る事はなかったはずなのに。

「一ノ瀬君……」

突然、月子の声が聞こえ、振り返る。

月子は一人窓際にいて、震えながらベッドを指差している。

「どうした？」

月子の指先を追うようにベッドを見ると、和泉が目を開けていた。

それだけなら今まで何度もあったが、和泉は、何度も何度も瞬きを繰り返し、その度に、目からは涙が流れていた。

「西岡君！」

「和泉！」

夏雪や風太は声を張り上げ、花谷乃は信じられないと口を押さえている。

ベッドにいる和泉は、口を動かし、「あ」とも「う」とも言えない何かを声に出そうとしている。

「和泉……」

七月七日、雨上がりのペトリコールが漂う中、十二年眠り続けた和泉が、目を覚ました。

END

解説

大森　望

あめがふると／つちの　においがする
あめがふると／あしのうらが　くすぐったい
あめがふると／まちが　しずかになる
あめがふると／むかしのことを　かんがえる

――というのは、谷川俊太郎の詩「あめ」（『ふじさんとおひさま』所収／童話屋　1994年刊）。その冒頭で〝つちの　におい〟と形容されているのが、本書の題名にも使われているペトリコール（petrichor）だ。雨がしとしと降りはじめるとやがてどこからともなく漂ってくる、土っぽいような草っぽいようなカビくさいような匂いのことをこう呼ぶ。

この耳慣れない言葉は、ギリシャ語で石を意味するペトラ（petra／πέτρα）と、ギリシア神話に登場する神もしくは不老不死者の血（または霊液）を意味するイーコール

(ichōr／*ἰχώρ*)をくっつけた造語。一九六四年にオーストラリアの研究者が学術誌〈ネイチャー〉に発表した論文が出典というから、この言葉が誕生してからまだ半世紀ちょっとしか経っていないことになる。

その論文によると、ペトリコールの元は、ある植物から浸み出して粘土質の土壌に吸収されていた油分と、土中の微生物が放出する有機化合物のゲオスミン。それらが雨に溶けて空気中に放出されると、人間の嗅覚が敏感に反応して、独特のにおいとして認識するらしい。

この造語をキーワードにした本書『七月七日のペトリコール』は、過去の出来事の改変をテーマにした青春ストーリー。雨上がりにいつもとは違うにおいを嗅ぐことで、見慣れたはずの街がいつもとは違って見える。小学生のとき、そのにおいをペトリコールと呼ぶことを〝俺〟(西岡和泉)に教え、いつもとは違って見える世界をパラレルワールドと形容したのは、やがて無二の親友となる一ノ瀬柊だった。しかしその柊は、高校三年のとき、バスの事故に巻き込まれて死んでしまう。二〇〇九年七月七日、ペトリコールの漂う雨の日のことだった。

それから十二年——。十三回忌の法要のために柊の実家を訪れた和泉が柊の部屋に入ると、とつぜん携帯電話の着信音が鳴りはじめる。鳴っていたのは、十二年前からクローゼットの段ボールに入れっぱなしになっていた柊のガラケー。電話の相手は、十七歳の西岡和泉――十二年前の〝俺〟だった……。

　そんな謎めいたプロローグで幕を開ける本書は、人気脚本家・持地佑季子の小説第二作にあたる。同じ集英社文庫から二〇一八年に書き下ろしで刊行された小説デビュー作の『クジラは歌をうたう』では、高校三年の時に死んだ同級生の女の子のブログが二〇一八年のいまになってとつぜん更新されたことをきっかけに、主人公が十二年前の出来事を回想し、現在の物語と過去の物語が並行して進んでいく。

　十二年の時を隔てて過去の自分と現在の自分が交互に描かれるという構造は、本書にも共通する。いっそ、姉妹編と呼んでしまってもいいかもしれない。

　ただし、『七月七日のペトリコール』では、〝時を超えた通信〟という超自然的な（SF的な）モチーフが導入された結果、『クジラは歌をうたう』とはまったく違うタイプの物語に仕上がっている。過去の自分と連絡がとれるのだから、すでに起きてしまった悲劇（無二の親友の死という過去の出来事）を未然に防ぎ、なかったことにできるかもしれない。こうして、十二年の時を隔てた二人の〝俺〟のプロジェクトがスタートする。

　司令塔は現在（二〇二一年七月）の西岡和泉で、実行役は高校時代（二〇〇九年）の西岡和泉。二十九歳の西岡和泉は、なかなか信じようとしない十七歳の自分をなんとか説得し、親友・一ノ瀬柊の事故死を防ぐべく、ガラケーを通じてさまざまな助言を与えはじめる。ただし、両者が通話できるのは深夜二時〇〇分からの八分間だけ。

未来の自分との通話によって十七歳の西岡和泉が行動を変えると、その結果が現在に影響を及ぼし、二〇二一年七月七日の西岡和泉の周囲の状況が変化する（法事に集まる元同級生の顔ぶれが変わるのもその一例）。しかし、自身の記憶は変化しないので、彼ひとりだけが、過去が書き換えられたことを認識している（変化した過去についての記憶はない）。

現在側の西岡和泉は、過去への電話が通じるたびに時間がリセットされ、翌朝めざめると、いつも二〇二一年七月七日になっている。しかし、柊が死んだ過去は変わらず、柊の十三回忌の法要を何度もくりかえす。

その一方、過去（二〇〇九年）サイドの西岡和泉の時間はループせず、最初に未来の自分と通話した二月四日（柊の十七歳の誕生日）から運命の七月七日へと向かって進んでいく。

現在側から見ると、過去の自分と電話するたびごとに、それによって起きた変化を七月七日に戻って確認するかたち。ＳＦ的に言うと、歴史改変ものと時間ループものを融合させた構造になっている。説明だけ聞くとややこしそうだが、作中では二十九歳の〝俺〟視点のパートと、高校生の〝俺〟視点（未来の自分のことを〝オヤジ〟と呼ぶ）のパートが交互に語られるので、読んでいて混乱することはない。

時を超えた携帯電話の通話に関する本書の特殊設定はたいへんユニークで、たぶん前例がない。もっとも、〝過去との通信〟によって歴史（すでに起きてしまったこと）を変えようとする話そのものはけっして珍しくない。

SF小説の世界では、ジェイムズ・P・ホーガン『未来からのホットライン』やグレゴリイ・ベンフォード『タイムスケープ』（ともに1980年）が有名だが、映画やドラマでもこのパターンがよく使われている。

たとえば、アメリカ映画『オーロラの彼方へ』（2000年）。ニューヨークの空にオーロラが輝いたある夜、ニューヨーク市警殺人課に勤務する主人公ジョンは、父親が遺した古いアマチュア無線機をいじっているうち、生前の父親と交信していることに気づく。消防士だった父親は、三十年前に火災現場で殉職していた。なんとか父親の命を助けようと、ジョンは過去の父親に必死に警告するが……。

この映画の米国テレビドラマ版リメイクが『シグナル／時空を越えた捜査線』（2016年）で、同じく『オーロラの彼方へ』にインスパイアされたとおぼしき韓国ドラマが、同じ二〇一六年の一月から放送された『シグナル』。こちらは過去の世界の刑事と無線がつながり、時を超えた協力によって事件解決に挑む話。その結果、歴史も書き換えられてゆくことになる。二〇一八年には『シグナル 長期未解決事件捜査班』として坂口健太郎主演の日本版が制作され、日本オリジナルのTVスペシャル版、劇場版も続いた。

二〇二一年のドラマでは、大倉忠義と広瀬アリス主演の『知ってるワイフ』も、同名の韓国ドラマ（２０１８年）のリメイク。ただしこちらは過去との通信ではなく、現在の意識のまま過去の自分自身に戻るパターン。家庭が荒れ放題の主人公は、失敗した結婚生活をなかったことにしてやり直そうと、過去に戻って別の相手と結婚するが……。

こちらのパターンは、ケン・グリムウッドの『リプレイ』（１９８７年）が世界的に大ヒットして以降、ものすごく数が多い。恋愛やり直しドラマでは、二〇〇七年にフジテレビ月９枠で放送された長澤まさみ・山下智久主演の『プロポーズ大作戦』の例がある。こちらは、片想い（かたおも）の相手の結婚披露宴に参列した男が、「ちゃんと告白していれば新郎はオレだったかもしれないのに」と後悔し、妖精の力を借りて過去の自分に戻って何度もリトライする。

似たような設定で書かれたミステリーの代表例が、西澤保彦『七回死んだ男』（１９９５年）。主人公の久太郎は、なんとも特殊な体質を持つ十六歳の高校生。本人が〝反復落とし穴〟と呼ぶ状態にハマると、同じ一日が九回くりかえされる。その間に起きたことは毎回リセットされ、反復の最終回まで確定しない。したがって、時間ループ中の久太郎は、同じ一日を八回リハーサルし、その日を自分にとって〝理想の一日〟に変えることができる。この特異体質（？）を利用して、久太郎はなんとか祖父の死を食い止めようとするが、どんなにがんばって容疑者を祖父から遠ざけてもまた新しい犯人候補が登場、祖父は死んで警察がやってきて事情聴取で一日が終わる……。

『七回死んだ男』ではリトライの回数に制限をつけることでサスペンスを生んでいるが（ループ回数を果てしなく増やすタイプの作品もある）、『七月七日のペトリコール』の設定上の特徴は、過去サイドの時間はリセットされないため、ループものでありながらタイムリミットサスペンスの要素も兼ね備えていること。そのおかげで、本書は数ある時間ループもの／歴史改変ものの中でも独特の作品になっている。

もうひとつの特徴は、過去パートの青春ドラマとしてのすばらしさ。未来の和泉は、高校三年生の時の同級生四人の名前を挙げ、彼らと仲間になって協力して柊を助けろと高校生の和泉にアドバイスする。本来、柊以外の他人にはまるで興味がなかった十七歳の和泉が、柊を助けるという目標のために彼ら同学年の生徒たちと積極的に交わるうち、かけがえのない友情が芽生えてゆく。仲間を怪我させた下級生に対するちょっとした仕返し。学校の合唱祭。安曇野（あずみの）への小旅行……。きらきら輝くような青春が瑞々しいタッチで描かれる。だが、その仲間の中に、なんらかのかたちで柊の死に関与した人間がいるかもしれないという疑惑が浮上する……。

後半は謎が謎を呼んで、最近流行の〝特殊設定ミステリー〟の性格がぐっと強くなる。そして明かされる思いがけない真相。あっと驚くこのどんでん返しによって、本書を読みながら感じていた小さな違和感がことごとく解消され、納得の結末にたどり着く。周到に張りめぐらされた伏線が鮮やかに回収される快感はすぐれた時間ものの醍醐味だが、本書では、とりわけすばらしい切れ味が堪能できる。
時間ループものや歴史改変ものはもう読み飽きたと思っている人にはぜひ本書を薦めたいし、本書ではじめて知ったという人には、さまざまな時間ループ／歴史改変ものを渉猟するツアーにここから旅立ってほしい。

（おおもり・のぞみ　書評家）

本書は、集英社文庫のために書き下ろされた作品です。

ＪＡＳＲＡＣ　出　２１０４１１７－１０１

持地佑季子の本

クジラは歌をうたう

君は今、何を見て、何を思っていますか？東京と沖縄、18歳と30歳。時間と場所を超えて綴られる、彼女と僕の物語。数々のヒット映画を手掛ける人気脚本家の小説デビュー作。

集英社文庫

集英社文庫 目録（日本文学）

室井佑月　ラブ ファイアー
タカコ・半沢・メロジー　もっとトマトで美食同源！
毛利志生子　風の王国
茂木健一郎　ピンチに勝てる脳
百舌涼一　生協のルイーダさん　あるバイトの物語
百舌涼一　中退サークル
持地佑季子　クジラは歌をうたう
持地佑季子　七月七日のペトリコール
望月諒子　神の手
望月諒子　腐葉土
望月諒子　田崎教授の死を巡る　桜子准教授の考察
望月諒子　鱈目(たらめ)講師の恋と呪殺。　桜子准教授の考察
森絵都　永遠の出口
森絵都　ショート・トリップ
森絵都　屋久島ジュウソウ
森絵都　みかづき

森鷗外　舞姫
森鷗外　高瀬舟
森達也　A3(エースリー)(上)(下)
森博嗣　墜ちていく僕たち
森博嗣　工作少年の日々
森博嗣　ゾラ・一撃・さようなら　Zola with a Blow and Goodbye
森博嗣　暗闇・キッス・それだけで　Only the Darkness or Her Kiss
森まゆみ　寺暮らし
森まゆみ　その日暮らし
森まゆみ　旅暮らし
森まゆみ　貧楽暮らし
森まゆみ　女三人のシベリア鉄道
森まゆみ　いで湯暮らし
森まゆみ　『青鞜』の冒険　女が集まって雑誌をつくるということ
森まゆみ　彰義隊遺聞
森まゆみ　森まゆみと読む　林芙美子「放浪記」

森瑤子　情事
森瑤子　嫉妬
森見登美彦　宵山万華鏡
森村誠一　壁の目　新・文学賞殺人事件
森村誠一　終着駅
森村誠一　腐蝕花壇
森村誠一　山の屍
森村誠一　砂の碑銘
森村誠一　悪しき星座
森村誠一　黒い神座(みくら)
森村誠一　ガラスの恋人
森村誠一　社奴(しゃど)
森村誠一　勇者の証明
森村誠一　復讐の花期　君に白い羽根を返せ
森村誠一　凍土の狩人
森村誠一　悪の戴冠式

集英社文庫　目録（日本文学）

森村誠一　社賊
森村誠一　誘鬼燈
森村誠一　死媒蝶
諸田玲子　月を吐く
諸田玲子　髭麻呂　王朝捕物控え
諸田玲子　恋縫
諸田玲子　おんな泉岳寺
諸田玲子　狸穴あいあい坂
諸田玲子　炎天の雪(上)(下)
諸田玲子　恋かたみ　狸穴あいあい坂
諸田玲子　四十八人目の忠臣
諸田玲子　心がわり　狸穴あいあい坂
諸田玲子　今ひとたびの、和泉式部
八木圭一　手がかりは一皿の中に
八木圭一　手がかりは一皿の中に　ご当地グルメの誘惑
八木圭一　手がかりは一皿の中に　FINAL
八木澤高明　青線　売春の記憶を刻む旅
八木澤高明　日本殺人巡礼
八木原一恵・編訳　封神演義　前編
八木原一恵・編訳　封神演義　後編
矢口敦子　祈りの朝
矢口敦子　最後の手紙
矢口敦子　海より深く
矢口敦子　炎より熱く
矢口史靖　小説　ロボジー
薬丸岳　友罪
八坂裕子　幸運の99%は話し方できまる！
八坂裕子　言い返す力夫・姑・あの人に
安田依央　たぶらかし
安田依央　終活ファッションショー
安田依央　ひと喰い介護
柳澤桂子　愛をこめ　いのち見つめて
柳澤桂子　生命の不思議
柳澤桂子　ヒトゲノムとあなた
柳澤桂子　すべてのいのちが愛おしい　生命科学者から孫へのメッセージ
柳澤桂子　永遠のなかに生きる
柳田国男　遠野物語
矢野隆　蛇衆
矢野隆　慶長風雲録
矢野隆　斗棋
山内マリコ　パリ行ったことないの
山内マリコ　あのこは貴族
山川方夫　夏の葬列
山川方夫　安南の王子
山口百恵　蒼い時
山﨑宇子　ラブ×ドック
山崎ナオコーラ　「『ジューシー』ってなんですか？」
山田詠美　メイク・ミー・シック

集英社文庫　目録（日本文学）

山田詠美	熱帯安楽椅子
山田詠美	色彩の息子
山田詠美	ラビット病
山田かまち	17歳のポケット
山田吉彦	ONE PIECE勝利学
山中伸弥 畑中正一	ひろがる人類の夢 iPS細胞ができた！
山前譲・編	文豪の探偵小説
山前譲・編	文豪のミステリー小説
山本一力	銭売り賽蔵
山本一力	戌亥の追風
山本兼一	雷神の筒
山本兼一	ジパング島発見記
山本兼一	命もいらず名もいらず(上) 幕末篇
山本兼一	命もいらず名もいらず(下) 明治篇
山本兼一	修羅走る 関ヶ原
山本文緒	あなたには帰る家がある
山本文緒	ぼくのパジャマでおやすみ
山本文緒	おひさまのブランケット
山本文緒	シュガーレス・ラヴ
山本文緒	まぶしくて見えない
山本文緒	落花流水
山本雅也	キッチハイク！ 突撃！ 世界の晩ごはん ～アンドレアは素手でパリージャを焼く編～
山本雅也	キッチハイク！ 突撃！ 世界の晩ごはん ～ソフィーはタジン鍋より圧力鍋が好き編～
山本幸久	笑う招き猫
山本幸久	はなうた日和
山本幸久	男は敵、女はもっと敵
山本幸久	美晴さんランナウェイ
山本幸久	床屋さんへちょっと
山本幸久	GO！GO！アリゲーターズ
唯川恵	さよならをするために
唯川恵	彼女は恋を我慢できない
唯川恵	OL10年やりました
唯川恵	シフォンの風
唯川恵	キスよりもせつなく
唯川恵	ロンリー・コンプレックス
唯川恵	彼の隣りの席
唯川恵	ただそれだけの片想い
唯川恵	孤独で優しい夜
唯川恵	恋人はいつも不在
唯川恵	あなたへの日々
唯川恵	シングル・ブルー
唯川恵	愛しても届かない
唯川恵	イブの憂鬱
唯川恵	めまい
唯川恵	病む月
唯川恵	明日はじめる恋のために
唯川恵	海色の午後
唯川恵	肩ごしの恋人

S 集英社文庫

七月七日のペトリコール

2021年6月25日　第1刷　　定価はカバーに表示してあります。

著　者　持地佑季子

発行者　徳永　真

発行所　株式会社　集英社

東京都千代田区一ツ橋2-5-10　〒101-8050

電話　【編集部】03-3230-6095

【読者係】03-3230-6080

【販売部】03-3230-6393（書店専用）

印　刷　大日本印刷株式会社

製　本　大日本印刷株式会社

フォーマットデザイン　アリヤマデザインストア　　マークデザイン　居山浩二

ISBN978-4-08-744269-4 C0193